秀巒山上的金交椅

2021
增訂新版

陳素宜——著
程宜方——圖

目錄

再上秀巒山（新版序）

我從小在北埔長大，在這個小小山村裡，秀巒山是個非常重要的地方。

從我住的新街仔到秀巒山，有三條路徑可以走。我最常走的是過了警察宿舍後，在有大榕樹的小巷右轉，走到巷尾再右轉，再走個四、五十步，左轉往山腳的儲水場直直過去，就來到秀巒山山腳，右轉往上爬，可以到達百段崎。第二條路，距離我家比較遠，穿過長長的新街仔，繼續往前路過我同學家那棟庭園圍繞的老房子，看見那棵探出圍牆的橄欖樹，吞下滿口口水後，走過公車總站，順著往竹東方向的柏油路向前，經過一家診所後向右轉，沿著緩坡向上，慢慢爬上秀巒山。不知道為什麼，我比較少從第三條路上秀巒山。現在想想，這應該是最有趣的一條路呀！一樣穿過長長的新街仔，在十字路口右轉，朝慈天宮走去，在門口合手鞠躬，跟神明請安。然後從左手邊的門進去，穿過搖擺的叮咚橋，穿過高大的廟牆，越過一條小小的柏油路，走過一棵大榕樹，在幾戶人家的房子中間，有一條彎曲陡升的小路可以上山。

什麼時候可以上山呢？什麼時候都可以呀！最重要的是，農曆過年的初一早上。吃過早餐，一家人穿新衣戴新帽，還有新鞋子，先到廟裡拜拜，再到伯公廟拜拜，然後一定要，肯定要上秀巒山走走。不然，就不像過年了。沿路遇見親朋好友、左鄰右舍，大家互道恭喜，在呵氣成霧的春天早晨，喜氣洋洋的開始新的一年。初二，姑姑姑丈帶著表姊表妹和表哥表弟回來；或是跟著媽媽回外婆家，跟表姊表妹和表哥表弟玩在一起。去哪裡好呢？上秀巒山呀！正月十五元宵節，十四晚上，北埔的孩子都要擎火把提燈籠出遊。去哪裡好呢？上秀巒山呀！

秀巒山真的是個非常重要的地方。我知道很多很多秀巒山的故事，那個一口氣爬上去會很喘的百段崎；那棵曾經存在的，兩百多歲的老樟樹；那些曾經存在的，比人還高的各色杜鵑花，還有，那張傳說中的金交椅！

一九九七年，我以秀巒山上金交椅的傳說，寫了秀秀的故事，也是明立的故事，也是秀秀的姊姊和明立的表哥的故事，更是男生和女生的故事，獲得九歌現代少兒文學獎，出版成書。二〇〇九年增訂新版，今年是二〇二一年了，再度增訂新版出來，感謝九歌出版社讓這個故事跟新的讀者見面，我發現秀秀和明立，依然是讀者朋友的好夥伴呀，我們一起再上秀巒山吧！

陳素宜

於二〇二一年九月

那是我成長的地方（代序）

北埔，學地理的人說：「哈！那是一個盆地。」

學生物的人說：「那裡出產一種『北埔鳳蝶』。」

學歷史的人說：「歷史上曾經有過一個『北埔事件』。」

對我來說，北埔，是我成長的地方。我的祖父祖母、外祖父外祖母，我的爸爸媽媽，都是土生土長的北埔人。

我在這個盆地裡長大，鳳蝶在我家柑橘園裡穿梭，秀巒山上的石碑刻著北埔事件的始末。這些對我來說，都是太平常太平常的事。

廟前廣場演大戲的時候，我攀在戲棚下尋找滿頭白髮的阿公，跟他要錢買仙楂糖；大街上架滿拜拜的大豬公時，我跟姊姊鑽在人群裡看第一名的是哪一隻。

過年要吃年糕、爬秀巒山；元宵節吃菜包、拿燈籠；清明節打艾葉粄去掃墓；中元節普渡燒大士爺；中秋節吃番薯月餅賞月；然後就是平安戲，小孩啃著雞腿看大人划酒拳。演過平安戲，新年又近了！

一年過了又一年，我長大離開北埔到都市定居。這時候我才知道，我的家鄉是多麼的不平常！那座門口有石獅子讓我爬上爬下的慈天宮，和公車總站對面那間漂亮的老房子，竟都是政府列冊的古蹟；那條我從小晃到大的「街路」，竟是幾百年的老街；就連我的母校，也有百年的歷史了！那些到現在還叫得出我的小名的老鄰居，抱著我的女兒直說她跟我小時候一模一樣的時候，更是讓我打從心中溫暖起來。

親愛的少年讀者們，你正在成長的地方是哪裡呢？你是不是像當年的我一樣，覺得家鄉只是個太平常太平常的地方呢？

去看看你家附近的公園吧，或許那個角落站著一塊長著青苔的石碑，會告訴你一個古老而真實的故事；去問問待在你們學校年資最久的老師吧，他或許有一肚子關於學校草創之初的心酸和趣聞呢！再不然，從地名開始好了，查查看你住的地方為什麼叫這個名字，還有其他名字嗎？你愈了解它，你就會愈喜愛它。真的，就像我對我成長的地方一樣，我越來越喜歡北埔了！

陳素宜　一九九七年春　於新竹

1 七姑星

秀秀盤腿坐在榻榻米床上，目不轉睛的盯著衣櫥門把上掛著的那件洋裝。她的手指，不斷的去摳身上牛仔褲膝蓋部位的破洞，心裡不停的埋怨：

「老媽一定是忙昏頭了，竟然要我穿這種衣服！也不知道是誰規定女生一定要穿裙子的，簡直就是莫名其妙嘛！我就看不出來穿裙子有什麼漂亮？還是長褲比較方便，要站、要坐、要跑、要跳或是要爬，都不用擔心會穿幫，我……。」

「秀秀！妳在發什麼呆？趕快換衣服啦！」

老五和老六像兩隻花蝴蝶一樣，在大鏡子前面轉來轉去，裙襬差點掃到秀秀臉上來。秀秀不理會她們的催促，還是盯著那件洋裝發呆。最後，她深深的吸了一口氣，決定去找老媽抗議。不然，穿上這件洋裝，她鐵定全身發癢，難過得要命。

秀秀的家是座老房子，大概是她阿公年輕的時候蓋的。這座房子，看起來像個注音符號ㄇ。橫畫的中間是正廳，裡面供奉著祖宗牌位。正廳的左邊是秀秀爸媽的房間，右邊是她大姊和二姊的房間。大姊、二姊房間的隔壁是廚房，正好是ㄇ轉彎的那個角落。裡面還留著以前使用的大灶，不過秀秀媽媽平時都用旁邊的瓦斯爐煮菜，過年過節才用大灶蒸年糕、粽子什麼的。在廚房裡轉個彎來到ㄇ的右腳，是老五、老六和秀秀三個人共用的房間。

秀秀抱著那件洋裝，衝過曬穀場，繞過密密麻麻的圓桌和板凳，穿過正廳，來到老媽的房門口。推開門，裡面卻一個人都沒有。

秀秀四處去找老媽，但是廚房裡七手八腳的大阿姨和二姑媽，曬穀場上排桌椅的叔叔和伯伯，正廳裡擦桌椅的伯母和嬸嬸，他們講的話全都一樣：

「妳媽剛剛還在這裡的呀！現在又不知道跑到那裡去了！」

秀秀的媽媽真是厲害！就像神明一樣，無所不在而從不現身。不過秀秀決定在客人來之前，一定要找到老媽，告訴她：

「我才不要穿這種衣服！」

來到大姊、二姊的房門口，秀秀被一陣陣吱吱喳喳的人聲吸引進去。她探頭一看，哇！一屋子全都是女人，老媽鐵定在裡面。

秀秀從三姊和四姊的中間擠過去，順手在三姊的手肘上碰了一碰，馬上就聽到殺豬似的尖叫聲傳來，然後就是三姊的大嗓門說：

「陳郁秀！看妳做的好事，給我……。」

「給我小心一點！」

後面這句話是四姊接的。她們兩個是雙胞胎，連罵人的話都很有默契。

秀秀轉過身去，對著四姊那張因為口紅「脫線」而造成的血盆大口，揚揚眉毛，撇撇嘴巴。她就是看不慣這兩個姊姊的「騷包」樣子。

「秀秀！妳怎麼到現在都還沒換衣服？」是秀秀的媽媽！她正在幫穿著禮服的大姊郁梅，在脖子上撲粉，免得脖子上的顏色和臉部差太多。

「秀秀！拜託妳動作快點行不行？客人馬上就來了，妳還穿著破長褲到處晃，妳以為妳是男孩子嗎？妳這樣會被人家笑的啦！妳房間衣櫥門把上，我掛了一件洋裝……。」

老媽機關槍掃射一樣，答、答、答、答的放出一串話來，秀秀趕緊跟她說：

「媽——，我不要穿這件衣服啦！妳要我穿裙子，我連路都不會走了！」

「不行！不行！今天是什麼日子，妳一個女孩子家還穿這種破長褲，人家會說我沒把妳教好的。這件洋裝很好看的嘛！快去換！快去換！」

老媽軟硬兼施，一定要秀秀穿上洋裝。秀秀還在磨菇，想找出什麼理由來說服老媽。蹲在一邊幫大姊整理裙襬的二姊卻很誇張的笑起來。

「媽——，秀秀走路那個樣子，就跟男孩子一樣，她穿裙子還能看嗎？老五那裡有件水藍色的褲裙，我這邊有件鵝黃色的襯衫，配起來也蠻好看的，我看秀秀就這樣穿吧！」

想到那件領口鑲荷葉邊，袖口別兩個蝴蝶結的黃襯衫，秀秀滿身雞皮疙瘩都出來了。可是二姊猛朝她眨眼睛，大姊也在她耳邊說：

「快去換吧！不然老媽等會兒親自押妳去換洋裝，妳就更難過了！」

秀秀心不甘、情不願的走了。老媽搖搖頭，嘆口氣：

「她要真的是男孩子就好了！」

秀秀剛把衣服換好，鞭炮噼噼啪啪的就在曬穀場邊炸了開來。秀秀的小姑姑一身桃紅色的衣裙，領著一群人到正廳入座。小姑姑今天是媒人婆，她打扮得有夠「妖豔」的，臉上的濃妝，讓秀秀差點認不出她來；一雙高跟鞋，叩、叩、叩的，敲得人家跟著緊張起來。

媒人婆把客人帶來的禮物，一樣一樣的擺在正廳的大圓桌上。最引人注目的是兩個大紅的絨布禮盒，一個裝的是一疊一疊的千元大鈔，另外一個裝的是閃閃發光的金飾。這兩個盒子看得秀秀目瞪口呆的，她這輩子還沒見過這麼多的錢呢！

「這應該就是聘金吧？聽老媽說有二十萬呢！」

秀秀想起昨天晚上搓湯圓的時候，老媽跟隔壁來幫忙的阿滿姨和阿福嬸說：

「聘金說是二十萬啦！不過我們不收這些錢，只留六萬塊給郁梅當做『做衫錢』。」

「原來這些錢只是借我們看看而已。」

秀秀心裡這麼想著。然後把目光轉向另外那個金光閃閃的盒子，裡面的戒指、項鍊、手鐲和一對金錶，亮得讓她想伸手去摸摸看那是真的還是假的。

「啪！」的一聲，小姑姑在秀秀的手背上輕輕拍了一下：

「秀秀，妳想戴這些東西還得再等十幾年呢！現在先幫我去跟妳媽媽說，讓新娘『扛茶』出來吧！」

「扛茶？什麼叫做扛茶？」秀秀問小姑姑。

「妳去跟妳媽媽說，她就知道了。」

秀秀還是在大姊的房裡找到老媽。她進去的時候，阿滿姨正在跟大姊說話。

阿滿姨今天是來牽新娘的。村子裡的新娘不管是娶進來的媳婦，還是嫁出去的女兒，都是由阿滿姨來帶領的。因為阿滿姨的公婆健在，老公又在學校裡當主任，還有她的兩個兒子，全都考上大學唸書，所以她是一個很有福氣的人，給她牽的新娘一定也跟她一樣有福氣。

這時候，阿滿姨正經驗老到的跟郁梅說：

「阿梅呀！滿姨先跟妳說，不然等一下一忙又忘記了。這件事可是很重要的喔！戴戒指的時候，手指不要伸直，要彎一點，別讓新郎把戒指戴到底去。不然，以後妳什麼都得聽他的，自己都做不了主。千萬記得，手指要彎呀！」

只見郁梅一個勁的點頭，也不知道聽進去了沒有。秀秀突然想到自己的任務，她趕緊跟老媽說：

「小姑姑叫新娘扛茶了！」

原來扛茶就是新娘用茶盤端了好幾杯甜茶，去給正廳裡男方的客人喝。滿姨帶著大姊端茶出去了，秀秀和其他的姊姊們擠在門口，看來了哪些客人。

那個最高、最帥的，當然是新郎囉！以前沒事常來秀秀家的曬穀場上閒逛，請他進來坐，又搖搖手，紅著臉溜了。秀秀當然一眼就認出他來了，旁邊那對年紀較大的夫妻，不知道是不是他的爸爸媽媽？看起來又太年輕了一點，會是他的哥哥嫂嫂嗎？再過去的椅子上，坐了個小孩……。

「咦！那不是我們班的范明立嗎？他來做什麼？」

范明立是秀秀的同班同學，也是她的死對頭，每次月考跟她搶第一名的就是他。秀秀明明記得新郎姓蕭，范明立怎麼會一起來呢？

范明立也看見秀秀了，他的眼睛瞪得像是一對牛眼睛，眨也不眨一下的看著秀秀，好像看見了一個外星人。

秀秀突然覺得渾身癢了起來，她摸摸褲裙，扯扯領口的荷葉邊，心裡暗暗的罵著：

「這死范明立，沒事跑到人家家裡來幹嘛？」

她轉身鑽過人牆，恨不得馬上去把衣服換掉。沒想到卻看見這輩子從來就沒見過的「世界奇觀」！

她老媽背靠著牆壁，眼眶溼溼的說：

「嫁出去，就是別人家的人了！」

秀秀覺得老媽好奇怪，前幾天才一再叮嚀大家，今天不可以吵架，不可以說不吉利的話，不可以這個，不可以那個的，現在她自己卻躲在這裡掉眼淚，真是莫名其妙！不過更讓人吃驚的是，平常不苟言笑的老爸，竟然在一邊幫老媽擦眼淚！

秀秀的嘴巴張得又圓又大，卻發不出聲音來。老爸和老媽像被訓導主任看見的學生情侶一樣，馬上分開三步遠，也不知道說什麼才好。

正尷尬的時候，新娘捧著空茶盤過來了，一群人在郁梅旁邊吱吱喳喳的評論著正廳裡的客人。阿滿姨又在指導新娘：

「等一下去收茶杯，客人會在茶杯底下壓個紅包，妳千萬要收好，這可是妳的私房錢喲！」端回茶盤，收了紅包，新娘就準備去正廳戴戒指了。秀秀覺得大姊今天簡直就是個受人操縱的木頭娃娃，阿滿姨說什麼，姊姊就做什麼，當新娘還真不好玩。

正廳裡擺著一張高腳的靠背椅和一張矮凳子。滿姨扶著新娘慢慢出來了。秀秀和幾個姊姊，圍在新娘旁邊，不斷提醒郁梅：

「手指要彎，手指要彎哪！」

新娘坐上高腳椅，兩腳放在矮凳上，新郎就要來戴戒指了。這個關鍵時刻，秀秀兩眼直盯著大姊戴上白紗手套的左手。

突然，叔叔的鎂光燈一閃，秀秀的眼睛一花。戒指就戴好了。

「老五，怎樣？戒指戴到底了嗎？」

秀秀壓低聲音，在老五的耳邊問，老五卻搖頭說：

「都是老四啦！她突然擋在我前面，我什麼都沒看到。」

「有沒有搞錯？是老六遮住我，我才移動位置的。老六，妳該減肥了啦！我轉到這邊來還是被妳遮住。」

老四也沒看清楚，現在大家把眼光轉向老六，她卻結結巴巴的說：

「我……我……也沒看……沒看見喔！」

秀秀捏起拳頭，恨不得一拳搥在老六身上。還好二姊說：

「妳們急什麼？等一下問大姊就知道了呀！」

這才替老六逃過一拳。

儀式過後，大家移往門前的曬穀場，曬穀場上擺了二十幾張桌。秀秀她老爸特別請了經常在外面替人辦桌的二姑姑，領著一群人回來大展身手。

秀秀本來想溜回房裡，把一身彆扭的衣服換下來，再找個沒人注意的角落，好好大吃一頓。沒想到卻被老媽逮住，跟姊姊們一起到

「新娘桌」來，說是要介紹新親戚，大家認識認識。

秀秀老媽臉上的淚痕，早就乾了，現在她容光煥發的站在那兒，像個成功的發明家，驕傲的介紹她的「生產品」。

「這是老二郁蘭。今年剛畢業，上個月才到農會上班。」

秀秀偷瞄了二姊一眼，她那副端莊賢淑的樣子，讓秀秀想笑又不敢笑出來，只能在心裡想著：

「這是我們陳家的女暴君，翻臉比翻書還快。最好別去惹她，否則後果自行負責。」

老媽繼續介紹老三和老四：

「郁竹、郁菊這對雙胞胎今年剛上大學。兩個從小就沒分開過，連大學都考上同一個學校。」

秀秀在心裡說：

「陳家兩個大騷包，逛街可以連逛五、六個小時絕不喊累，要她們教我幾題數學就說想睡覺。」

然後是老五、老六。老媽說：

「老五郁枝高商二年級，老六郁葉國三。兩個讀書讀得天昏地暗的，臉上那個眼鏡鏡片是愈愈厚了！」

秀秀心裡想的是：

「老媽妳搞錯啦！都在追日本漫畫《灌籃高手》，她們一個支持流川楓，一個效忠櫻木花道，常常吵得天昏地暗才對。」

最後要介紹秀秀了。秀秀正在想老媽會說些什麼，眼角又瞥見了范明立。

范明立那個「被外星人嚇到」的表情已經不見了，秀秀覺得他現在的樣子，好像在看一隻馬戲團裡穿著花衣服的猴子。

「好！范明立，寒假過完到學校，我再找你算帳！」秀秀咬咬牙，狠狠的瞪了范明立一眼，站在旁邊的郁枝悄悄的拉了秀秀一把。秀秀回過神來，才發現老媽已經介紹完了。

「哇！七姊妹，七姑星，個個都這麼漂亮，別人是想要都要不到的呀！親家母真好命哪！」

剛才那對年紀稍大的夫妻，真的是新郎的父母。新郎的媽媽，不知道是基於禮貌，還是真的喜歡女兒，在秀秀媽媽介紹完後，竟然接了這幾句話。

在陳家，甚至附近鄰居，大家都知道，不能在秀秀老媽前面講「七個都是女兒」、「命真好啊！」之類的話，因為沒有替陳家生個兒子，是秀秀老媽這輩子最痛苦的事。要是有人在她前面提起來，她鐵定翻臉！

新親戚犯了這個禁忌，秀秀老媽的臉色「刷」的一下全白了，整個氣氛突然尷尬起來，新郎新娘更是目瞪口呆的不知如何是好。

反應慢半拍的郁葉，竟在這時候傻呼呼的問：

「七姑星是什麼？」

阿滿姨抓住機會，趕緊說些話讓氣氛緩和一下，她告訴郁葉：

「七姑星是天上的七顆星星呀！小時候不是唸過『七姑星、七姊妹，打開園門來採菜；左一片，右一片，……。』唉呀！接下去怎麼唸我都忘了。親家母說妳們是七姑星，是說妳們像是仙女下凡，對了！就是七仙女啦！」

滿姨說到這裡，新郎的媽媽連聲說對，頭點得像是要掉下來一樣。

秀秀老媽的臉色也調整回來，開始招呼客人用菜。不過那種被人踩了一腳的感覺，讓她這頓飯吃得很不快樂。

好不容易吃過飯，送走了客人，郁梅的「文定之喜」算是完成了。姊妹七個人換了衣服，全倒在秀秀房間的榻榻米床上閒聊。大家這時候才有機會問郁梅，那個戒指到底戴得怎麼樣？沒想到她竟然說：

「我也弄不清楚啊！那個時候我好緊張，要露出笑容照相，還得注意嘴巴不要張太大，免得牙齒跑出來了難看。我是記得手指要彎，可是蕭仲和一直把我的手指拉直，到後來我也不知道，是他把戒指戴到底去了，還是我手指彎著，後來才滑到底去的。」

蕭仲和是郁梅男朋友的名字。他既然知道要把新娘的手指拉直，一定也是經過「高人指點」，要把戒指戴到底去。這對新人，還沒正式結婚，就在爭「主導權」了。

「那怎麼辦？你們結婚以後，是妳聽他的還是他聽妳的？」

秀秀對誰聽誰的這件事，好像比郁梅還著急，可是現在誰也沒有辦法給她答案。

倒是郁蘭想起了一件事：

「大姊，妳記不記得阿婆曾經說過，秀巒山上有張金交椅的事？」

「秀巒山上的金交椅？那是什麼？」

從郁竹、郁菊以下的妹妹們都沒有機會見到祖母，只有郁梅、郁蘭聽過阿婆講古，郁梅也想到了，她說：

「阿婆說秀巒山上有一張金交椅，誰要是在那張椅子上坐過，將來他結婚以後，他的另一半就會什麼都聽他的。」

秀巒山是全村人家的「後花園」，山不是很高，卻有滿山的杜鵑花和數也數不清的老樹。每年春節，村裡的男男女女，老老少少，都要上山走一走，才像是過年。平日要是有別處來的客人，也是帶到秀巒山去走走看看。所以秀巒山是大家熟得不能再熟的地方了，可是郁竹卻說：

「金交椅？我怎麼……。」

「從來就沒看過秀巒山有什麼金交椅。」郁菊接下去。

郁蘭撇撇嘴角：

「別說是妳們，就是我也沒見過呀！不過有這種『特異功能』的椅子，一定藏在那個神祕的地方，不是隨便什麼人都知道的。」

「妳真的相信有這種椅子嗎？」秀秀半信半疑的問二姊。

「這種事啊，寧可信其有，不可信其無。要是找到了這張金交椅，坐一下也沒什麼損失啊！」郁蘭這麼說。

郁葉一直弄不懂，為什麼要大姊戴戒指時手指要彎，現在又要找什麼金交椅來坐，她問：

「是大姊聽蕭仲和的，還是蕭仲和聽大姊的，不都一樣嗎？為什麼一定要分誰聽誰的呢？」

「這妳就不懂了，要是……。」

郁蘭正要解釋，郁梅卻打斷她的話說：

「老二，別說了。我覺得郁葉說的也沒錯，結婚以後，誰聽誰的，還不是一樣。」

郁蘭還想說什麼，想了一下，又說：

「算了！算了！皇帝不急，急死我們這些太監。我不管妳了！」

大姊不在乎，二姊不管了，底下的妹妹們也沒什麼話好說了，只是秀秀一直在想：

「秀巒山上，真的有張金交椅嗎？」

2 燈籠與火把

冬天的太陽剛剛露臉，空氣中一股冷冷的寒意，鑽進明立的鼻孔裡，讓他忍不住的打了一個噴嚏。挑著兩個大竹籃走在前面的媽媽，布鞋的鞋尖已經被田埂邊草尖上的露珠打溼了。她聽見明立的噴嚏聲，回過頭來問：

「阿立，你會冷嗎？裡面有沒有穿件厚的套頭毛衣？」

「有哇！毛衣穿上了啦！再加上外套，我總共穿了五件衣服了呢，不會冷啦！剛才只是鼻子有點癢癢的。」

「不冷就好。」

明立媽媽說完，看見跟在後面的明珠，還蹲在那裡摘田埂上的小黃花，就大聲的叫她：

「妹妹啊！快點過來好不好？蘿蔔拔完，我還要挑到市場去賣呢！」

「喔！來了啦！」明珠一邊回答，一邊跑了過來。

明立聽到媽媽又叫明珠「妹妹」，就提醒媽媽：

「媽，你不要再叫她妹妹了！現在整條街的人，連比明珠小的小孩子，都叫她妹妹啦！」

「喔！過年時才跟她說好，不叫她妹妹的，現在又忘了，真是的！可是叫『妹妹』叫了快十年了，一時還改不過來呢！」

說著，說著，三個人來到了媽媽種蘿蔔的這塊田了。其實這塊田並不是明立家的，這是他們鄰居火旺伯公的田。前陣子稻子都收割起來了，火旺伯公就叫兒子用耕耘機把土翻一翻，整理出一道道土壟給鄰居們種菜。這樣不但鄰居們有收穫，剩下的菜葉菜根什麼的，也可以留在土裡做肥料，等種下一期稻作的時候，田地會更肥沃。

明立的媽媽是個閒不住的人，平常在自己家裡的後院整理出一片菜園，種些不灑農藥的「環保蔬菜」，自己吃不完的，就挑到廟前廣場的清晨市場去賣，賺些小錢，貼補家用。當然每年火旺伯公的田借大家種菜的時候，明立媽媽一定會去分個幾壟來，種些蘿蔔、芥菜之類的。

昨天，明立媽媽從蘿蔔田裡回家後，說田裡的蘿蔔可以拔了。而且再過兩天就是元宵節，大家都要包菜包，蘿蔔應該可以賣個好價錢。萬一賣不完的話，這幾天陽光蠻好的，洗洗切切曬些蘿蔔乾也不錯。所以今天一早，媽媽挑一擔大竹籃，明立拿兩個空麻袋，明珠抓著一把小黃花，一起來拔蘿蔔了。

「哥！快來，快來，這個蘿蔔好大，我都拔不動了！」

明珠拔不到十個，就哇啦哇啦的叫了五、六次。明立覺得女生最愛大驚小怪了，看到蚯蚓要叫，看到毛毛蟲要叫，連看到大蘿蔔都要叫，真是受不了她們。不過他還是過去看看，到底明珠看到的這個蘿蔔有多大。

這個蘿蔔真的很大。翠綠的葉片上，佈滿密密麻麻的白色細毛。接近根部的葉子已經轉成黃綠色，從露出地面那部分的弧度看來，明珠的驚叫，還算有點道理。

明立戴著粗布手套，費了好大的勁，才把大蘿蔔拔出來。

「哇！蘿蔔大王出來了！蘿蔔大王出來了！」

明珠在旁邊又叫又跳的。明立提起這個身體圓圓胖胖的大蘿蔔，發現它的尾部又細又長，是個做燈籠的好材料。他告訴明珠：

「把這個大蘿蔔洗乾淨帶回家，哥幫妳做個大燈籠，明天晚上妳就可以提出去逛了。」

「燈籠？用蘿蔔做燈籠？真的嗎？」

明珠問個不停，明立卻不再理她，他說：

「先把全部蘿蔔拔起來再說吧！」

母子三人把全部的蘿蔔拔起來，去除葉柄，再到田邊的圳溝去洗乾淨，太陽已經爬到半天高了。媽媽催著兩兄妹快點回家，她還要趁著市集沒散，趕快去賣蘿蔔呢！

吃過午飯，明立媽媽在廚房裡忙著把蘿蔔削皮刨絲，再加上香蔥、蝦皮、香菇、瘦肉一起炒了一盆香噴噴的餡料。然後把昨晚明立拿到金福嬸家磨好的在來米漿，早上已經在大石頭下壓出水份的那團粄皮拿出來，加點紅麴，揉到軟硬適中，準備要包菜包了。

明立看媽媽一個人在那兒忙東忙西的，想去幫幫忙，卻被媽媽趕了出來，她說：

「男孩子在廚房裡像什麼話？出去，出去，這裡有明珠幫我就行了！」

其實明珠才國小三年級，除削皮、洗菜之外，她根本就幫不了多少忙。但是媽媽還是堅持男生不要做廚房的事，她甚至說：

「你不是跟博文講好，要到崁下的竹林去砍竹子做火把嗎？趁現在趕快去吧！不然明天你就沒東西拿了。」

明立是跟班上的林博文說好了，下午要一起找適合做火把的竹筒。不過博文還沒來，媽媽又硬是不要他幫忙，他想起了早上答應要幫明珠做燈籠的事。

「明珠！妳的蘿蔔大王呢？把它拿過來，順便帶隻鐵湯匙，我幫妳做燈籠囉！」

明立叫明珠準備好，就坐在走廊的矮凳上，曬著暖暖的冬陽，開始刻起蘿蔔來。

刻蘿蔔這工作，說簡單很簡單，說難也蠻難的。剛開始先抓住蘿蔔頭，再用鐵湯匙在側面一瓢一瓢的把裡面的肉挖出來。等到肉快挖完了，就要改用刮的。刮太輕，怕留的肉太厚，燭光透不到外面，做不成燈籠；刮得太重戳破了蘿蔔皮，又成了一個醜燈籠。而且整個過程中，要注意別弄斷了那根漂亮的長尾巴。所以明立在做燈籠的時候，警告旁邊的明珠不准出聲，不然做壞了，他可不負責的。

明珠蹲在一邊憋了好久好久，直到明立把燈籠刻好，在長尾巴兩邊各挖一個小洞，用來通風，然後在底部插上牙籤、蠟燭之後，她才叫出來：

「原來是隻漂亮的大老鼠！」

「啱！抓住尾巴，妳就可以提著它到處跑了。小心別把尾巴弄斷了！」

明立把蘿蔔燈籠交給妹妹，站起身來，看看博文來了沒有。明珠興奮的想把燈籠拿去給媽媽看，突然想到了一件事。

「哥，你自己的燈籠呢？」

「妳忘了？我已經國一啦！再拿燈籠會給人家笑的，我今年可以拿火把啦！」

明立的口氣中，帶著一點點驕傲。

原來村子裡有個不成文的規定，每年元宵節，國小的娃娃們不分男女，都可提著燈籠到處逛。上了國中，算是半個大人了，男生們就用竹筒自製火把代替燈籠，表現不同的氣勢。假如想領隊夜上秀巒山的話，更是非有火把不可。所以拿火把是小男生們夢想已久的事，自然元宵節前夕製作火把，就顯得格外重要了。

明立替明珠做好了燈籠，博文還沒來。明立跟媽媽說了，就去找博文。他在半路上，遇見了氣喘吁吁的林博文。博文跟他說：

「對不起，對不起！我媽要我帶弟弟妹妹到街上去買燈籠，他們一會兒要裝電池的，一會兒要會唱歌的，挑了老半天，好不容易才買好，害我都遲到了！」

「沒關係！我剛剛也是替我妹妹做了一個燈籠，你現在來剛剛好！」

「你自己做燈籠？真是太厲害了，難怪工藝老師老是把你當做天才！我就知道找你一起做火把準沒錯！」

博文的誇獎讓明立有點不好意思，他輕輕捶了博文一下說：

「少肉麻了啦，你！趕快走吧！」

等他們兩個砍了竹筒，做好火把，灌上煤油，太陽已經下山了。

兩人講好，明天吃過晚飯，博文到明立家來，再一起出去逛。

明立回到家時，爸爸已經回來了，他正坐在沙發上看晚報，廚房裡傳來噼噼啪啪的炒菜聲和陣陣的飯菜香，爸爸抬起頭來，看了明立一眼：

「又跑到哪裡去了？這麼晚才回來？」

「我……，我……，我到林博文家去了。」

不知道為什麼，明立在爸爸面前總是非常緊張。他把火把藏在背後，希望爸爸沒有看見。但是那支有一隻手臂長的火把，還是露出半截來。爸爸看見了說：

「阿立，你已經國中一年級了，再不收心好好唸書，過兩年升學怎麼辦？不要像爸爸，小的時候不唸書，現在只能開公車。每天累得要命，年節又沒休假，薪水也不高……。」

爸爸又開始「唸經」了，其實他要說什麼，明立早就知道了，什麼「爸爸媽媽以後就要靠你了」，「范家的孩子不能輸給別人」等等，這些話，爸爸對明立是講了又講，一再重複，卻從來不曾跟明珠提過。

明立嘴上不說，心裡卻不太平衡，為什麼妹妹只要功課做完就好了，他卻非要全班第一名不可？

其實明立的功課算是很好的了，班上只有陳郁秀能跟他爭第一名，而且三次裡面，有兩次是他贏的。只不過爸爸每次都講這些老掉牙的話，聽得明立有點心不在焉的。

還好媽媽在廚房裡叫明立擺碗筷準備吃飯，他才有機會「逃離現場」。

廚房裡的蒸籠上，有一籠蒸好的菜包。亮紅的菜包，墊著一張墨綠的柚子葉，看得明立的口水都要流出來了。可是媽媽說今晚廟裡要為大家祈福，所以晚餐要吃素，菜包裡有肉絲，得等到明天早上才能吃，明立只好洗洗手，擺好碗筷，叫爸爸和明珠一起來吃飯了。

第二天，一年一度的元宵節在孩子們的期待中來了。明立剛吃過晚餐，博文就帶著他的小跟班來了。五年級的妹妹提的是仙桃造型的塑膠燈籠，裡面的燈泡還會一明一滅的閃個不停；四年級的小弟提著一架飛機，不時傳出造飛機這首歌的歌聲。他們看到明珠的蘿蔔燈籠都羨慕得很，甚至想用手上的燈籠跟她換，明珠神氣的說：

「不換！不換！這是我的寶貝呢！」

三個小傢伙在明立家的走廊上追來追去，博文催明立的動作快點，因為他看見秀巒山上已經燈火點點了。

夜晚遙看秀巒山，像是一張黑色的剪紙貼在天邊，上面閃爍的燈光，在一輪明月的照耀下，彷彿是天上的星子來到了人間。

明立和博文各舉著一支火把，帶著三個提燈籠的小朋友，到了秀巒公園的入口。他們看到不只是繞著山邊的柏油路上，有一群群的燈影移動，就連山間的石梯上，曲折的小徑裡，也有三三兩兩的光點。老樹下，花叢邊，涼亭裡，到處都是一圈圈溫暖的光暈，包圍著陣陣笑語人聲，把空氣中的寒冷，趕得無影無蹤。博文的妹妹拉著明珠就要往前衝。明立趕緊把她們擋下來：

「晚上出門，不要隨便亂跑，一定要和大家一起行動才可以。」

明立正在說話，博文卻在一邊扯他的袖子，叫他看前面路邊涼亭裡的那群人。

「你看，那不是陳郁秀她們家的七仙女嗎？我們過去看看她們是提燈籠還是拿火把？」

陳郁秀是他們班上的「母老虎」，最喜歡找男生的碴。明立一直覺得，把班上同學分成男生國和女生國是國小的事了，可是陳郁秀她們那群女生就是看男生不順眼，沒事就和男生鬥嘴吵架。所以明立知道，博文哪裡是要去「看看」她們，他是要去「示威」！因為大家都知道，女生上了國中，就不能提燈籠，也不能拿火把的呀！

明立和博文剛踏上涼亭的石階，裡面的陳郁秀卻跳出來了。她手上拿的是一支好長好長的——手電筒。

博文失聲笑了出來：

「哈！陳郁秀，今天是元宵節吔，妳怎麼拿手電筒？」

陳郁秀瞪了博文一眼，她說：

「我拿什麼，你管得著嗎？無聊！」

然後她轉過來，衝著明立說：

「范明立，你那天來我家幹嘛？」

「那天？妳說的是哪一天？」

明立當然知道是那一天，他是故意這樣問的。他記得大姨媽家的仲和表哥訂婚那天，原本要一起去新娘家的小舅，臨時不能來了，為了要湊人數，就叫明立一起去了。真的不知道，新娘是陳郁秀的姊姊。他看到陳郁秀時，本來就有點緊張了，沒想到在學校一副「男人婆」樣子的陳郁秀，那天竟然穿裙子，這真是太……太……，太「詭異」了！怎麼能怪他看得目瞪口呆呢？

「你少裝蒜了！你那天不是跟新郎一起來我家嗎？」

陳郁秀氣呼呼的說完，明立才裝出一副恍然大悟的樣子說：

「哦——，妳是說妳穿裙子的那天哪！」

不說裙子還好，一說裙子，陳郁秀更是氣炸了，她說：

「那是褲裙，不是裙子！沒知識！」

眼看著這兩個就要吵起來了，涼亭裡有一男一女站起來，笑瞇瞇的走到石階這邊來。明立一看，才發現那個男的，竟是他的仲和表哥。表哥笑著跟他說：

「阿立，你在欺負女生喔！」

明立的臉一下就紅了起來，明珠在旁邊高興的叫著：

「大表哥！大表哥！」

陳郁秀這才弄清楚，原來范明立是新郎的表弟，她回頭跟她姊姊說：

「大姊，妳怎麼不早點告訴我呢？」

她心裡想的是如果早知道范明立會來，她鐵定不會穿那件褲裙的。可是郁梅姊姊無辜的說：

「我也不知道仲和的表弟是妳的同班同學呀！」

就是這些巧合，讓明立有機會看到陳郁秀穿制服之外的裙子的模樣。這件事在陳郁秀心裡留下了一個大疙瘩，她在心裡不斷的罵：

「死范明立，臭范明立，你給我記住！」

對明立來說，卻是個新的發現，他覺得「男人婆」穿裙子，也不難看呀！

看見明立嘴角的笑容，林博文忍不住在一邊追問，「那天」到底怎麼了？陳郁秀繃著一張臉警告明立：

「你最好不要胡說八道，不然……。」

「好了！好了！別再吵了！」

郁梅姊姊推著陳郁秀進涼亭去了，仲和表哥告訴明立，要注意安全，早點回家，說完也走了進去。

博文的弟弟妹妹和明珠已經跑到另一條階梯上去了，明立和博文拿著火把，急忙跟了上去。

3 男人和女人的戰爭

有時候，秀秀真的覺得，男生和女生是兩種不同的動物。就拿老爸和老媽來說吧。老爸生氣的時候，寒著一張臉，什麼話都不說，誰也不知道他在想什麼。老媽就不是這樣了，她一生氣就破口大罵，而且噼哩啪啦的罵個沒完沒了，想不聽都不行。現在，秀秀又多了一對可以觀察的對象，那就是大姊和準姊夫。

這天，是個星期天，上班的放假，上學的沒課，吃過中飯，一家八個女人坐在曬穀場上啃甘蔗、曬太陽，秀秀的老爸一個人在正廳裡看報紙。

二姊郁蘭在一圈人中間，放了一大盆水，要大家把咬過的甘蔗渣吐到水盆裡，比賽看誰咬的甘蔗渣可以浮在水面不沉下去。結果郁葉得到了「超級榨汁機」的封號，她咬過的甘蔗渣真的是又乾又白，一點汁都不留！

正在一片喧鬧的時候，準姊夫開著他的二手汽車來了。他說要載大姊去新竹看電影。

郁梅看看老媽，老媽點點頭。她高興的去換衣服了。沒想到老爸放下報紙出來說：

「妳們哪一個跟姊姊、姊夫去看電影吧！」

秀秀的老媽很清楚，這「一家之主」古板的老毛病又犯了。雖說蕭仲和和郁梅已經訂婚了，可是郁梅還沒嫁過門，要是沒人陪著去，他們也甭想去看電影了。她看了郁竹、郁菊一眼，這兩個平常最愛看電影的，今天卻搖搖頭說：

「我們今天要……。」

「到學校趕報告。」

郁蘭更是直截了當的先說：

「別看我，我這年紀當『電燈泡』是太老了一點。」

本來就是這樣，這個「夾心餅乾」誰也不想當。郁枝和秀秀都裝出一副努力啃甘蔗，什麼都不知道的樣子。只有郁葉楞楞的說：

「我好久沒看電影了，真的好想去！可是明天學校要模擬考，我再不看書就完蛋了！」

看來郁梅這場電影是看不成了。可是老媽很同情他們，她跟嘴裡塞滿甘蔗的秀秀說：

「秀秀，就妳啦！跟大姊他們一起去看電影吧！」

秀秀聽了差點把滿口的甘蔗渣都吞到肚子裡面去了。這麼尷尬又無聊的事要她去做，她寧願留在家裡背書。可是準姊夫跟她說：

「一起去吧！秀秀。看完電影，我請妳去麥當勞！」

然後她又看到大姊那副「十分哀怨」的眼神，秀秀一咬牙，說：

「好吧！我陪你們去就是了！」

到了新竹的電影院，買了票，還有一段時間。郁梅提議到附近的百貨公司去逛逛。

三個人逛百貨公司，郁梅和蕭仲和手拉著手在後面慢慢的走。秀秀一個人走在前面，走快點又怕和他們走失了；走慢點，又怕聽到他們的悄悄話，真是讓秀秀不知道怎麼辦才好。

走著，走著，郁梅他們停在寢具部門的一張雙人床前面，秀秀只好在隔了兩個攤位的盥洗用具部門，欣賞各式各樣的毛巾。

看沒多久，郁梅突然一個人氣呼呼的走到秀秀這邊來，她拉著秀秀說：

「走！秀秀，我們搭公車回家。」

秀秀被拉得莫名其妙，她小聲的問郁梅：

「怎麼啦？大姊。」

不問還好，一問郁梅的眼眶竟然紅了起來。她推推秀秀：

「走啦！回去再說！」

秀秀被郁梅拉著走了，她不時回頭看看滿臉通紅杵在那裡的蕭仲和。她真的不知道，這兩個人到底在搞什麼鬼？

在公車上晃了將近一個鐘頭才回到家，一路上郁梅紅著眼睛都不說話，秀秀也不敢再問。她希望回到家裡，老媽或是二姊，能跟大姊問出原因來。

沒想到，還沒進到家門，在曬穀場上就聽到老媽的大嗓門了。

「妳們幾個看了一個下午的電視還不累啊？把電視關掉做點別的事，行不行？」

聲音是從左邊的小客廳那裡傳出來的。通常這種聲量，表示老媽正在氣頭上，秀秀趕緊溜回房裡，免得去當老媽的出氣筒。

秀秀進了房間，看見郁葉正對著手上的英文課本發呆。連她進來了，郁葉都不知道。她拍拍郁葉的肩膀：

「老六，老媽吃了炸藥啦？」

郁葉嚇了一大跳，看是秀秀，生氣的說：

「妳想嚇死我是不是？」

「對不起，對不起！我是問妳，老媽怎麼了？」

秀秀自知理虧，趕緊跟郁葉道歉。郁葉拍拍胸脯說：

「老媽跟老爸吵架了！」

「吵什麼？」秀秀問。

「我不知道！」郁葉搖搖頭。

「那……，老爸呢？」秀秀再問。

「我……，我也不知道哇！」郁葉還是搖搖頭。

「妳真是……。」

秀秀對郁葉這種「不知不覺」的死樣子，真是氣得無話可說，剛好老五進來了，她告訴秀秀：

「老媽說老爸太古板了。大姊都已經訂婚了，兩個人出門還得帶『電燈泡』，真是跟不上時代。老爸說我們陳家就是這個規矩。所以，兩個人就吵起來了。老爸說要去茶園看看，留老媽一個人在家找我們出氣，真是倒楣！早知道我就和妳一起跟大姊他們去看電影算了！」

「看電影？我連電影院都沒進去就回來了！」

秀秀嘟著嘴說。

「怎麼回事？」郁枝和郁葉都覺得很奇怪。

「我也不知道啊！」秀秀想了一下，說：

「他們好像吵架了！」

「吵架？為什麼？」

郁枝每次看到大姊他們兩個那種「甜甜蜜蜜」的樣子，都羨慕得要命，沒想到他們竟然也會吵架。想跟秀秀問清楚，沒想到秀秀竟然說：

「我也不知道哇！」

郁枝和郁葉氣得同時說：

「妳怎麼什麼都不知道呢！」

唉！這真是個「難過」的星期天。秀秀被這兩場「男人和女人的戰爭」，弄得心情壞透了。還好明天可以躲到學校去，就不必聽老媽的嘮叨，不必看老爸的臉色和老姊的紅眼睛了。

最近秀秀覺得上學是件蠻快樂的事情。以前也不是不好，只是把上學當做例行公事，時間到了就去，沒什麼特別的感覺。現在，她竟然有點期待上學了。

是開學的第一天，全班在教室裡等「班導的同學」。因為上學期期末，大著肚子的班導師告訴大家，過完年她就要生寶寶了，學期開始時，她還在請產假，所以會有個代課老師來。班導說：

「這個代課老師啊，是我的大學同學。她現在是專門寫童話故事的作家，我特別拜託她來代我的課，希望能提升一下你們的文學氣質。」

秀秀記得，那時候同學們都在底下偷笑。什麼「提升文學氣質」，老師還把大家當做幼稚園的小朋友，竟然找個童話作家來代課，真是太小看大家了。

沒想到開學第一天，代課老師就把全班收服了。她沒做什麼特別的事，只是做了一個「自我介紹」。

她自我介紹的方式很特殊，叫做「你來問，我來答」。想知道什麼，就問什麼，老師是有問必答。

就這樣一問一答的，他們知道了老師還沒結婚，但有個交情不錯的男朋友，長得很像劉德華。她很愛看漫畫，《灌籃高手》、《怪醫黑傑克》她都看，不過最喜歡的是《哆啦A夢》！她也打電動玩具，不過打的是「最古老」的超級瑪利和俄羅斯方塊，她還打籃球，大學時代是校隊。她……。

她有一大堆的事情讓同學們既羨慕又佩服，可是有一點不能問，就是老師的體重，因為——她有一點「豐滿」。

當時秀秀覺得很奇怪。這老師做完那些事情以後，哪還有時間寫童話？難道她一天比別人多出幾個小時嗎？不過後來秀秀相信了，因為上這個姜老師的課，真是太好玩了！

星期一，秀秀班上的國文課上到了一首現代詩，題目是〈負荷〉。一個辛勤工作的爸爸，敘說他對子女的呵護，使他不能再沉迷於絢麗的晚霞和燦爛的星空中。但是他無怨無尤，只因為他覺得子女是生命中最甜蜜的負荷。

姜老師在「問題與討論」的時候，請大家發表自己的感想。沒想到卻引起了一場「男生和女生的戰爭」。

先是范明立說：

「當爸爸真是辛苦，要上班賺錢養家，還要犧牲自己的享受，照顧子女，陪伴子女，可以說是非常偉大了！」

其實他說的也是事實，大家都有這種感覺。可是接下來林博文的話，就讓一些女同學覺得很不舒服了。他說：

「男生真是命苦，白天在外面奮鬥，晚上還得看孩子。那像女生命好，可以名正言順的待在家裡。」

於是，討論親子之間的感情變成了討論「男生和女生誰比較命好」的問題了。

秀秀說：

「女生哪有什麼命好？在家裡從早忙到晚，永遠有做不完的家事。男生是高興的時候，逗逗孩子玩，不高興的話，就把孩子往媽媽那裡丟。其實最嚴重的還不是這些問題，最讓人感到女生命苦的是，在家裡不受重視，說的話都沒人在聽！」

秀秀說完，馬上就有女生發言支持她。有的說家人重男輕女，男生非讀大學不可，女生反正以後要嫁人的，能唸多少就算多少。有的說連童話故事也欺負女生，睡美人只會躺在床上睡覺，王子卻是破除魔法的英雄，真是太小看女生了。

講到這裡，姜老師趕緊出聲說話。不然氣氛愈來愈僵了。她說：「其實這個男生和女生的問題啊，古今中外，世界各地到處都有，並不是我們的特產。不過我覺得現在已經改進很多了。只要女生自己爭氣，還是能得到尊重的。男生嘛！觀念也可以稍加調整，不要承受太大的壓力。至於童話故事嘛！最近也有一種新的趨勢，我稱它為童話急轉彎，你們要不要聽聽看？」

就這樣，姜老師把全班注意的焦點，帶到了一個叫做〈灰王子〉的童話故事上面。

故事是說：有一個國王替公主辦了一個舞會，想在參加舞會的年輕男子中，選一個駙馬爺。鄰近小國裡有三個王子都打算應邀參加舞會，大王子、二王子略施小計把小王子留在家中打掃房間，他們卻把僅有的車子開走了。當傷心的小王子在工作的時候，仙女來了！可是這個仙女學藝不精，小王子要合身的禮服，她送了一件緊身衣；小王子要拉風的跑車，她變出一輛模型跑車；小王子想擁有魁梧的身材，她卻把他變成了一隻大猩猩！變成了大猩猩的小王子搭公車去參加舞會，下車時把出來透氣的公主給嚇昏了。公主昏倒前尖聲大叫，引來一群人追著大猩猩跑。後來十二點的鐘聲響了，大猩猩恢復成了小王子，奔跑間掉了他的小號牛仔褲。後來，公主以為這條牛仔褲的主人趕走了大猩猩，所以憑著小號牛仔褲找到了小王子，兩人結婚後過著幸福快樂的生活。

最後姜老師告訴大家：

「童話是人寫的，你不服氣的話自己也可以寫。別人怎麼看你，是依你的表現來定，至於你是男生還是女生，並沒有想像中嚴重。」

秀秀對老師最後這段話，沒有什麼深刻的感受，倒是覺得灰王子的故事很有趣，回去告訴姊姊們，她們鐵定笑得東倒西歪。說不定這兩天無精打彩的大姊，也會露出難得的笑容。

大姊真的笑了。不知道是秀秀加油添醋的表演讓她忍不住笑出來，還是時間久了，氣也消了。她告訴大家：

「其實昨天也沒什麼大不了的。我們只是為了一張床在吵架。」

「一張床？」其他的六個人異口同聲的問。

郁梅不好意思的笑笑說：

「我覺得圓形的床比較浪漫，可是他說浪費空間，還是長形的比較實在。我覺得他一點情趣都沒有，他卻說我幼稚，真是氣死人了！」

這個「他」，當然是蕭仲和囉！郁蘭聽了就說：

「妳看，還沒結婚就開始吵了，真是！我就說嘛！叫妳戒指不要讓他戴到底，妳又弄不清楚。我看，真的要到秀巒山上去找金交椅了。」

「找金交椅做什麼？」

郁葉總是比別人慢半拍，秀秀只好再跟她說一遍：

「誰要是坐上金交椅，將來他的另一半就會聽他的啦！」

郁梅這次沒說「誰聽誰的還不是一樣」了，六個妹妹替她做了決定：到秀巒山去找金交椅，雖然只是個傳說，不過坐坐也無妨啊！

4 尋找金交椅

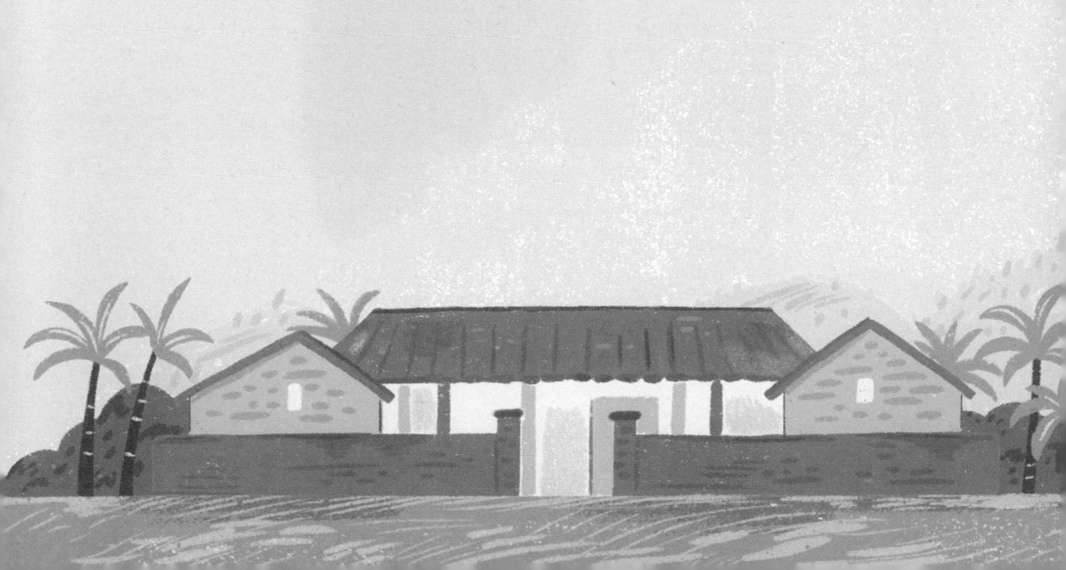

四月的秀巒山，和過年時節的秀巒山很不一樣。一叢叢比人還高的杜鵑樹上，深紫的，亮橘的，粉紅的花朵，全部都凋謝了。換上的是簇簇鮮綠的嫩芽，配上深綠色的老葉子，看起來像是開了滿樹淡綠色的花。

老樹下是一片生機盎然的蕨類，毛茸茸的，捲捲的幼芽，點綴在形狀繁複的大葉子中間，像是害羞的小孩，躲在父母的褲管後，偷偷的探出頭來跟客人打招呼。

明立跟在表哥後面，穿過廟邊曲折的小巷子，經過一棵像涼亭一樣的老榕樹，從一條陡峭的山路爬上了秀巒山。

「咦！表哥，你怎麼知道還有這條路可以上秀巒山？」

明立心中有點不服，表哥住在六公里外的竹東，怎麼會對秀巒山比他還熟呢？平常明立他們上秀巒山，不是從金廣福公館那邊的「秀巒公園」大牌樓下穿過去，就是從消防隊這邊的馬路，直上山腳下自來水公司廢棄的給水廠，從來就不知道還有這第三條路的。

表哥說：

「我們家搬到竹東去的時候，我已經國小六年級了，這裡我可能比你還熟呢！」

「哦——，那你一定知道金交椅在哪裡囉！」

「金交椅」的傳說，是明立剛剛才聽大阿姨說的，他以前根本就沒聽過這回事。

今天是清明節。每年的這一天，大姨丈和大阿姨都會回北埔來，到他們蕭家的祖墳去掃墓。明立的爸爸也會帶著一家人到范家的祖墳去掃墓。然後依照往例，阿姨他們會到明立家吃個中飯才回竹東去。

今天中午回到家，已經十二點半了，阿姨他們還沒來。明立媽媽忙著把拜過的菜包、發粄、紅粄、艾葉粄蒸軟，還要把雞肉、豬肉切盤上桌。爸爸則把帶去山上掃墓，用來砍草的工具收好。

明立和明珠兩兄妹在走廊上曬太陽，等阿姨他們來。其實明立一點也不餓，掃墓時，點香拜拜後，把水煮蛋的殼剝來灑在土上，蛋就可以下肚去了。明立一連剝了三個，肚裡的蛋到現在都還沒消化掉呢！

不過他還是希望阿姨他們快點來，他喜歡家裡熱鬧一點，這樣才有過節的氣氛嘛！

阿姨他們可真會算時間，明立媽媽剛炒兩個青菜上桌，他們就來了，姨丈不斷的跟大家道歉：「不好意思，讓你們等到現在，真是不好意思。沒辦法，我們蕭家家族就是人丁旺盛，牲禮一擺就是四五十副，鞭炮放完，還要等大半天才能完全收拾好。讓你們等這麼久，明立和明珠大概都餓壞了！」

明立和明珠都說：

「我不餓！」

大阿姨笑著說：

「是不是去『分借問』了呀？」

明立和明珠聽得一頭霧水，忙問什麼叫做「分借問」，仲和表哥告訴他們：

「我小的時候，一等人家掃墓祭拜結束的鞭炮響起，就和同伴衝過去排隊，這些掃墓的人家會準備一些粄啊，零錢啊，來分給小孩子們，他們說來『分借問』的孩子愈多，他們就愈發，我們也趁這個機會發點小財。」

明珠聽了羨慕的說：

「現在好像都沒有了！」

「好了！好了！邊吃邊聊，邊吃邊聊吧！」

明立爸爸催著大家上桌吃飯了。

吃過飯，阿姨邀明立媽媽到竹東逛街，明立媽媽看著明立爸爸，用眼睛徵求他的同意。阿姨看在眼裡，笑著說：

「明立啊！你爸爸以前一定是坐過秀巒山上的金交椅，你媽現在才什麼都聽他的。」

「大姊，妳怎麼跟孩子說這些呢？」

明立媽媽的臉都紅了，明立卻聽不懂什麼秀巒山上的金交椅，他追著阿姨問清楚，阿姨說：

「老人家說秀巒山上有張金交椅，誰先坐上去，將來他的另一半就會很聽他的話啦！」

明立不知道阿姨說的是真的還是假的，不過他想了想，媽媽好像真的什麼事都沒意見，她最常說的一句話就是：

「去問你爸爸。」

後來，明立媽媽帶著明珠和阿姨、姨丈到竹東逛街去了，仲和表哥卻說他想到秀巒山去走走。明立跟表哥上了秀巒山。他以為表哥過年後剛訂婚，大概是要來找金交椅坐坐吧。沒想到表哥卻說：

「我不是來找金交椅，我是來散散心而已。」

明立看見表哥那副眉頭深鎖的樣子，不敢再問下去，只有默默的跟在旁邊，他在心裡抱怨著：

「還以為跟表哥上秀巒山，可以看見那張神祕的金交椅，沒想到表哥是來散心的。這樣不說一句話的走下去，會悶死人哪！」

走著、走著，前面來了三個女生，是陳郁秀和她的兩個姊姊。她們家都是女生，年紀又差不了多少，說實在的，明立除了陳郁秀之外，真的分不出誰是誰呢！不過表哥就不一樣了，他遠遠的就叫：

「郁枝、郁葉，還有秀秀，你們也來玩啊？」

說完，他一直朝她們背後的小路張望，不知道在找什麼。

明立聽到陳郁秀小小聲的說：

「你能來，我們就不能來嗎？」

仲和表哥大概沒聽到，因為陳郁秀的一個姊姊正在跟他說：

「不用看了啦！大姊沒跟我們一起來。」

仲和表哥問她們：

「那郁梅呢？是不是在家裡？」

沒有人回答他，尷尬的沉默了一會兒，中間那個胖一點的，戴眼鏡的才說：

「是啊！大姊在家裡生氣呢！」

陳郁秀扯了她一把，還說：

「郁葉，妳說這些幹麼？」

仲和表哥沒說什麼，過了一會兒才對明立說：

「我去看看郁梅，那你……。」

明立才不要跟著去當電燈泡呢！他打斷表哥的話說：

「你快點去吧！不用管我了，我自己會回家。」

表哥衝下山去了。

陳郁秀問明立：

「你們來秀巒山做什麼？」

明立覺得陳郁秀這話問得好奇怪，秀巒山是大家的，上山走走，應該不用她批准吧？明立不想回答她的問題，她旁邊的郁葉卻說：

「我知道，你們來找金交椅對不對？」

「金交椅？妳們也知道金交椅？」明立吃驚的問。

「哦——，我就知道你們是來找金交椅的。一定是仲和大哥要你跟他一起來的，是不是？」

陳郁秀一副抓到了別人把柄的樣子。

「才不是！我表哥根本就不相信什麼金交椅不金交椅的，他只是來散心而已。」

明立說完，忽然想到了什麼事，他說：

「咦！那妳們呢？妳們是來找金交椅的吧？」

「不要你管！」陳郁秀瞪了明立一眼，拉著兩個姊姊走了。

明立知道，女生常常這麼不講理的。就像明珠，不也常常無理取鬧嗎？明立搖搖頭，算了！

陳郁秀她們是朝著那棵百年老樹的方向，越爬越高去了。明立不想再和她們碰面，就朝自來水公司廢棄的給水廠這個方向走來。

走到岔路，竟然看到林博文來了，他遠遠的就叫：

「明立，等我一下。」

「你怎麼會在這裡？」明立問他。

「我到你家去找你，你爸爸說你跟你表哥上秀巒山來了，我就到這裡來啦！」

「找我幹嘛？」

「沒事不能找你嗎？我叔叔他們帶著孩子回來掃墓，現在全在我家玩，屋頂都快被他們吵翻了，我是出來避難的。欸！你說話很衝喔！誰得罪你啦？你表哥呢？」

明立把遇見陳郁秀姊妹，表哥去找郁梅的事告訴博文，博文才笑著說：

「原來你被放鴿子了。那你現在要去哪裡？」

「本來是想回家的啦！不過現在你來了，我們一起去找金交椅好不好？」明立說。

「你真的相信有金交椅這回事嗎？」博文半信半疑的說。

「我也不知道啊！我是不太相信一張椅子能夠有這種特異功能啦，不過看看也沒什麼損失嘛，反正現在也沒事啊！」

「好吧！」

於是明立和博文朝山上走去。他們來到了有一百多層階梯的山坡下，博文看看那見不到頂的階梯問：

「我們要上去嗎？」

明立推了他一把，說：

「這一點困難就把你嚇倒啦？那怎麼可能找到金交椅呢？快走吧！」

階梯兩邊各站了一排松樹，過年來的時候，明立和明珠在這裡撿了一堆漂亮的松果。現在松果沒了，爬起階梯就有點不好玩了。尤其是博文，他有點胖，爬到一半就喘吁吁的了。他一屁股坐在階梯中間，跟明立說：

「我們……我們休息……，休息一下，好不好？」

「博文，你真的該減肥啦！難怪他們都叫你『椪柑』，圓圓胖胖的樣子，越看越像喔！」

明立邊說邊在博文身邊坐下。博文搖搖頭說：

「沒辦法，我就是愛吃！」

坐在這裡，正是秀巒山的半山腰，這個角度看出去，看不到街上鱗次櫛比，新舊相間的房子。看到的是一片綠油油的稻田，秧苗像是列隊整齊的士兵，精神飽滿的站著。幾個農人趴在田裡除草，看起來像是綠色樹葉上的幾隻小蟲。

這時候，明立突然想起爸爸常說的話：

「多讀一點書，將來好到大城市去闖天下。留在這種鄉下地方，不是種田就是做工，有什麼出息呢？」

明立不知道爸爸說的對不對，他不覺得鄉下有什麼不好，但是偶而到新竹、台北去逛街，他也喜歡那種人來人往的熱鬧氣氛。不過，說真的，到大都市裡去，他會有種怕怕的感覺呢！

博文深深的吸幾口氣，比較不喘了，他問明立：

「你知道那張椅子是什麼樣子嗎？」

「那張椅子？」明立還沒回過神來。

「就是那張金交椅呀！」

「喔！我不知道啊！不過椅子就是椅子嘛，大概就是四隻腳，有個讓人坐的面，頂多再來一個靠背吧！」明立說。

博文嘆了一口氣說：

「連什麼樣子都不知道，我們還找什麼找？我看算了！」

「可是……。」

明立還想說些什麼，卻聽到上面有幾個女生的聲音傳過來。

「唉！這樣找，要找到什麼時候啊？」

「是啊！整座山都走遍了，別說是金交椅，連普通的椅子也沒看到半張，累死人了！」

「我們回家了好不好？」

「可是，這樣回去會不會挨罵呀？」

「挨罵？叫她們自己來找找看好了！」

吱吱喳喳的聲音裡，有一個聽起來特別耳熟。博文小聲的跟明立說：

「母老虎來了！」

剛說完，陳郁秀和她的兩個姊姊，就從山頂的階梯往下走來了。明立想拉起博文往山下衝。他怕給陳郁秀看見了，又要惹來一肚子氣。沒想到陳郁秀卻大聲的叫他們：

「范明立，林博文，你們等一下！」

明立拉不動博文，只好跟著一起留下來。沒想到陳郁秀卻客客氣氣的問：

「你們找到金交椅了嗎？」

「沒有！」博文說：

「我們剛在這裡坐了一會兒，妳們就來了，我們根本就還沒開始找。」

「還好，你們也沒找到。」

陳郁秀竟然這麼回答。明立就知道她沒安什麼好心眼，博文卻覺得奇怪，他問：

「你們在比賽嗎？」

「沒有！」

「沒有！」

明立和陳郁秀不約而同的回答，讓林博文更是一頭霧水。後來陳郁秀的姊姊催她回家，明立也拉著博文走了。

這天，誰也沒有找到秀巒山上的金交椅。

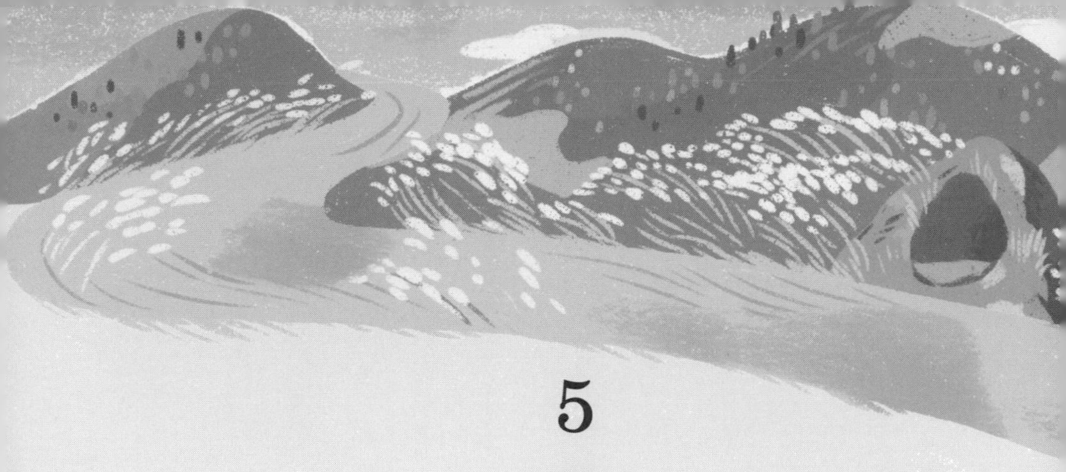

5 老天爺是公平的

播種、插秧、除草，稻禾按照既定的生長程序，慢慢的抽出稻穗來了。秀秀的日子，也恢復了常軌。

導師產假請完，回來上課；代課的姜老師回家當童話作家去了。還有，誰也不知道，仲和大哥和大姊郁梅的冷戰是怎麼結束的，反正沒有人催秀秀到秀巒山上去找金交椅了。秀秀的生活重心，完全放在上學、放學；上課、下課的學校生活上了。

不過學校生活也不完全這麼單調，像最近舉辦的全校山歌合唱大賽，就好玩極了。

兩個禮拜前的朝會時間，訓導主任宣布，一個月以後要舉辦班際合唱比賽。本來這是每年都有的活動，沒什麼好大驚小怪的。可是今年卻規定，指定曲「快樂的向前走」之外的那首自選曲，一定要選「山歌」。這就讓同學們大呼小叫的了。因為大家都不會唱呀！可是秀秀班上那個戴眼鏡、紮馬尾的音樂老師，卻義正辭嚴的說：

「誰敢說自己不會唱山歌？真是丟臉哪！山歌是客家人的傳統，你們都不會唱，以後你們的孩子還會唱嗎？不管怎樣，這個月內你們要把這首自選曲唱好，我會選一首山歌來好好的教你們。」

全班同學被老師說得啞口無言，因為這個音樂老師是每天從新竹通車到學校來的閩南人，她都會唱，誰還敢說自己不會唱？

秀秀心裡本來是覺得無聊的。她聽過山歌這回事，那是以前茶山上的採茶姑娘們，在山上邊採茶邊唱歌來打發時間的，現在早就沒人唱了，竟然還拿來比賽，真是的！倒不如唱「突然好想你」，唱「想回到那一天」，還比較有趣。不過，隔天音樂老師在午休時間，印了一份歌詞給大家，還要大家一起用客家話唸幾遍：

脈介上樹嘸驚搖？脈介造出半天橋？
脈介含泥有腳趾？脈介作巢一枝茅？
蟻公上樹嘸驚搖，蜘蛛造出半天橋。
燕子含泥有腳趾，黃蜂作巢一枝茅。
脈介恁高高過天？脈介恁深海有邊？
脈介恁硬硬過鐵？脈介恁軟軟如棉？
人心恁高高過天，字墨恁深海有邊。
兄弟分家硬過鐵，夫妻情深軟如棉。
（脈介：什麼。恁：太。有：沒有，唸ㄇㄡˊ。）

剛開始大家還有點不好意思，後來大家愈唸愈有趣，愈唸愈大聲。秀秀也和大家一樣，不覺得無聊了。

接下來的兩天，每個人都要把歌詞背起來。秀秀還要負責教班上少數幾個不會說客家話的同學背歌詞，他們的問題可真多呀！

「蟻公是什麼？」

「就是螞蟻啦！」秀秀說。

「螞蟻不是也有母的嗎？為什麼叫做蟻『公』？咦！蜘蛛為什麼叫做『ㄌㄚˇㄎㄧㄚˊ』？」這人好像在找碴喔！秀秀不耐煩的吼他們：

「你們是學還是不學？有夠囉嗦的！」

懾於「母老虎」發威，不會說客家話的人，也把歌詞背起來了。

第三天的音樂課，來了一對老夫婦，老先生還帶來了一個像胡琴一樣，叫做「弦」的樂器。老師說他們是要來教大家唱山歌的。因為老師覺得自己沒有把韻味唱出來，所以請了真正的行家來教大家。這行家，還是班上林博文同學的阿公阿婆呢！

「嘩！」男同學們發出一陣怪叫，大家都問他：

「你怎麼不早說呢？」

林博文的臉都紅起來了，他阿公還告訴大家：

「我們家博文比我還會唱呢！」

這回全班同學都叫起來了！

這樣，博文的阿公阿婆每天在放學後的半個小時，都來教大家唱山歌。他們說：

「唱山歌不要怕見笑，大聲的唱出來，會越唱越好！」

於是大家高興的又吼又叫，把一天的沉悶和壓力都發洩出來了。

唱了兩個禮拜，整首歌的旋律已經出來了。林博文的阿公阿婆因為田裡的事忙，不來教了。現在由林博文拉弦，秀秀帶領大家練唱。

林博文拉弦是因為全班只有他會拉，想推都推不掉。秀秀呢？她是康樂股長，合唱比賽的事，當然是由她負責囉！

今天，音樂老師來聽他們練唱，她說：

「嗯！你們班唱得很有韻味，說不定有機會打敗二、三年級，拿到冠軍喔！」

秀秀學校的班級，全校只有十班。所以這些比賽活動，都是不分年級，大家一起比的。像上次運動會的拔河比賽，算起來他們班應該是一年級第一名的，但是輸給了三年忠班和二年級的孝班和愛班，所以只拿了一面殿軍的錦旗。要是這次合唱比賽能夠贏了他們，不就是「一雪前恥」了嗎？大家聽到音樂老師這麼說，都更加認真起來。不過老師又說：

「有幾位男同學已經開始變聲了，所以整個和聲有一點點特別的聲音跑出來，這個要注意一下。」

「真是的！你們為什麼要變聲呢？」

馬上就有人回過頭去責備那幾個變聲的人。那幾個倒霉鬼一臉無辜的說：

「我也不知道啊！」

老師看到這個情形，忍不住笑了出來，她說：

「你們真的不能怪他們，這是進入青春期的男生們都有的正常現象呀！」

講到「青春期」這個敏感話題，大家突然沒了聲音，臉上的表情也不知道要選「喜、怒、哀、樂」哪一種才好。過了好一會兒才聽到一個沙啞的聲音說：

「還是女生比較好，女生都不會變聲。」

可是女生真的比較好嗎？那可不一定，秀秀馬上就遇上一個大麻煩了。

唱了十五分鐘，音樂老師走了，換班導師來看大家。她帶來了寶寶的照片，一群人擠過去欣賞。秀秀趁機宣布休息五分鐘，她正好肚子脹脹的，想去上廁所呢！

到了廁所，她才發現，麻煩真的大了！她的「好朋友」竟然來了！這還是這輩子的頭一次呢！

「好朋友」的正確名稱應該是「月經」，可是秀秀家的姊姊們都不好意思直接的說，所以就用「好朋友」來代替。雖然她們也常在秀秀面前提起這件麻煩事，就連反應慢半拍的郁葉，也把它當做稀鬆平常的，可是那畢竟發生在別人身上啊！現在自己面對眼前的一片紅色，秀秀的第一個反應是：

「我會不會死掉？」

秀秀關在廁所裡不知道怎麼辦才好，時間一分一秒過去，外面還有一班的同學在等她呢！可是，她不能就這樣出去呀！就在她急得快要哭出來的時候，外面有人敲門了：

「秀秀！妳在裡面孵蛋哪？這麼久還不出來。」是她的死黨彭玉容！秀秀從來就沒聽她談起「好朋友」的事，她的「好朋友」應該是還沒來過，這要怎麼跟她說呢？

「我……，我……，」

秀秀吱吱唔唔的，就是說不出口，彭玉容搞不清楚狀況，只好亂猜：

「妳拉肚子啦？」

「不是啦！」

「那…，妳——，妳到底怎麼了嘛？」

「我⋯⋯，哎！要我怎麼說嘛！」

兩個人扯了半天，還是沒有把狀況解決，彭玉容說：

「我去請班導來好了！」

班導師來了！她畢竟是「見過世面」的大人了，聽到秀秀嗯嗯啊啊的回答，就猜對了是什麼事：

「郁秀，妳是不是需要衛生棉？」

「嗯！」秀秀的聲音小得像隻蚊子。

「玉容，妳到老師辦公室桌子右邊最下面的大抽屜裡，拿一小包衛生棉來。」

彭玉容走了，班導隔著門板，跟秀秀說：

「郁秀，恭喜妳啦！變成大人囉！」

「可是，可是，流這麼多血，我會不會⋯⋯，會不會死掉啊？」

秀秀終於把最擔心的問題說出來了。

「不會的！這是正常的現象，身體自然可以調適過來。不過妳要是注意均衡的飲食，和正確的衛生習慣，會更好一點。」老師說。

秀秀覺得班導的聲音，好溫柔、好好聽喔！她從來就沒有像今天這麼感激班導過。等玉容回來，秀秀處理好了以後，老師說：

「時間差不多了，今天就不要練唱好了。我想，等合唱比賽結束後，我們請保健室的護士小姐，到班上來給大家上一節課好了。」

秀秀以為她走進教室的時候，所有的人都會瞪大眼睛，看她出了什麼事。沒想到大家休息過了頭，沒人注意到時間已經超過了，直到班導宣布：

「今天到此為止，明天再繼續練唱。」

大家才發現，該回家了！

回家路上，秀秀已經能夠平靜的告訴彭玉容，到底是怎麼回事了。玉容聽了以後說：

「還是男生比較好，都沒有這些麻煩事！」

回到家裡，吃過晚飯，秀秀趁老爸去洗澡的時候，在大姊耳邊說了「好朋友」的事。馬上，家裡其他六個女生，都變成了健康教育老師，把一些別人說的，自己想的一大堆「相關知識」都塞給了秀秀。只有老媽在聽到秀秀說她嚇得要命的時候說：

「我一直以為妳還小，所以沒有跟妳說。沒想到小女兒這麼快就長大了！」

是的，小女孩長大了，大得會靜下來想心事了。這天晚上，秀秀一個人爬上了曬穀場邊的玉蘭花樹，透過細細碎碎的葉縫，看著天上燦爛的星光。

「我真的長大了嗎？」秀秀心裡想著。

生理上的變化，讓秀秀的心理也有一些微妙的感覺。她甚至悄悄的問自己：

「我是不是該穿裙子了呢？」

問完，她自己卻輕輕的笑出聲來。下午還緊張得要命，以為自己要死掉了，現在卻想該不該穿裙子，真是好笑。不過彭玉容說的也對。這個「好朋友」還真麻煩，不能做劇烈運動，不能吃冰冷食物，不能……，好囉嗦喔！還是當男生好。不對！男生不也會變聲嗎？他們也有他們的麻煩事啊！想到這裡，秀秀覺得，老天爺是公平的，不像老爸和老媽，重男輕女！

往後幾天，秀秀真的很不舒服。不是身體不舒服，而是心裡擔心得要命。每一節下課她都要到廁所去報到，深怕衣服褲子髒掉了，自己都不知道。彭玉容說她太緊張了，她告訴秀秀：

「妳不說，人家根本就看不出來！」

可是秀秀就是沒辦法不去想它。還好這個「好朋友」，四天後就離開了，秀秀才能專心的去準備班際合唱比賽的事情。這次比賽，秀秀班上的「假想敵」是二年孝班。因為三年級的同學全副精神準備升學的事情，像郁葉他們班，就沒有多少時間可以練唱。而且聽說去年的一年孝班表現很好，秀秀他們想要「一鳴驚人」的話，就得先把他們比下去。

可能是大家有了共同的目標，最近班上男女生鬥嘴吵架的情形減少了很多。有時候，一些女同學也會趁下課時間，跟林博文學學「拉弦」。甚至有一次，秀秀的死對頭范明立，竟然跟她說：

「辛苦了！」

秀秀嘴裡沒說，心中倒是覺得，這種感覺也蠻好的，何必一定要把男生當成仇人一樣呢？

終於，緊張的時刻到了，合唱比賽這天，學校體育館的舞台，被老師們用深紅的絨布裝扮起來，幾個金色的大字掛上去，三層木製檯子擺上去，那種合唱比賽的緊張氣氛就出來了。

班長代表去抽上台的號次。秀秀他們班抽得還不錯，全校十班，他們抽到第六號。二年孝班抽到的是「籤王」一號。所以秀秀他們就先在台下聽聽二年孝班的歌聲。

指定曲「快樂的向前走」，二孝唱得真是沒話說。他們的和聲，就像陣陣春風，吹得人整個都舒暢起來了。不過自選曲就不一樣了，他們唱的是「病子歌」，描寫懷孕的媽媽，從懷孕開始到把孩子生下來的一段時間裡，那種身心的變化。秀秀有信心，只要班上同學表現正常，就不會輸給他們。

可是輪到六號上場的時候，難題卻來了。指定曲的伴奏，由班上一個從小就學鋼琴的女同學擔任，沒什麼問題。問題是自選曲的伴奏林博文怯場了！不管人家怎麼說，他就是不敢上台！「怎麼辦？怎麼辦？怎麼男生也會害怕呢？」

身為指揮的秀秀，看著林博文發抖的雙手，急得不知如何是好。

班導在一邊溫和的跟林博文說：

「你就當做台下都沒有人嘛！當做我們是在練唱呀！」

秀秀突然想到了一個辦法，她說：

「林博文，閉著眼睛你會不會拉弦？」

「會！」

林博文的聲音，聽起來有點抖抖的。

「好！那上台以後，我給你一個手勢，你就閉著眼睛開始拉弦，可以嗎？」秀秀說。

「我會坐在你旁邊替你壯膽，好不好？」彈鋼琴的女同學說。

在這個緊急時刻，沒有人取笑林博文的膽小，大家想盡辦法幫他上台。

終於，林博文一咬牙，說：

「好！我上台。」

第六號出場了。在全班通力合作，賣力演出之下，唱出了比任何一次練唱都要好的歌聲。這種感覺，讓全班同學的心連在一起，沒有男生、女生的分別。看著男同學們專注的眼神，賣力的唱歌，秀秀第一次覺得：

「男生也蠻可愛的。」

不過，完美之中，還是有一個小小的缺點。裁判指出秀秀班上唱的指定曲，有點越唱越快的情形。就因為這個小缺點，他們得到了亞軍，而冠軍正是他們的「假想敵」，二年孝班！秀秀眼眶有點溼溼的，不是她不滿足，只是為什麼偏偏就輸給二孝呢？

彭玉容和一些女同學圍在秀秀旁邊，不知道說些什麼才好，後來班上的男同學們也過來了，他們把范明立推到最前面，范明立吞了吞口水才說：

「大家不要難過了嘛！第二名也……也不錯，不錯啊！」

說著，說著，他的聲音竟有些哽咽。

大家吃驚的抬起頭來看，范明立急忙低下頭。不過大家還是看到他那微紅的眼眶。

第二天，校園恢復了上課的安靜，合唱比賽已經過去了。但是，林博文發抖的雙手，范明立微紅的眼眶，一直都留在秀秀的腦海裡。

原來，男生也會害怕，也會流淚，跟女生沒什麼不同呀！為什麼老爸和老媽非生兒子不可呢？

6 台北來的客人

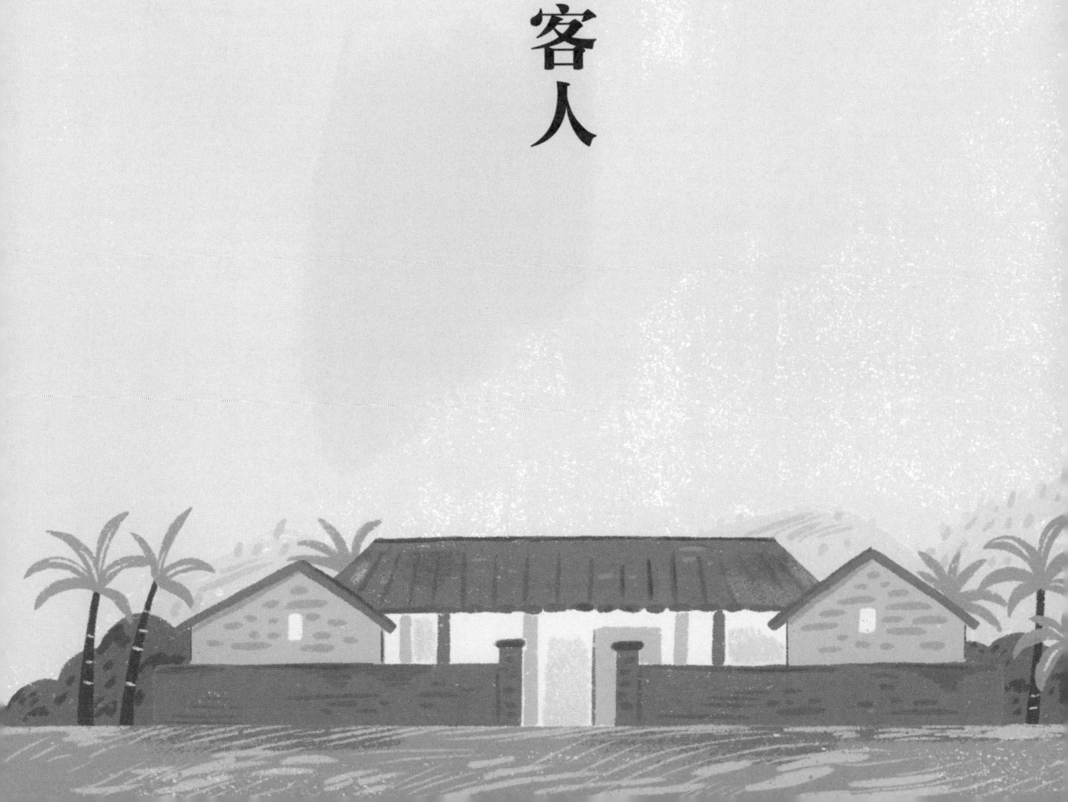

公車進站了，乘客一個一個從門口下來。最前面的是挑著一對空菜籃的老阿婆；第二個是背著娃娃的年輕媽媽；後面跟著五、六個提著補習班袋子的小學生，吱吱喳喳的跳下來；最後面是兩個長頭髮的大女生，背著背袋，穿著牛仔褲，下車後東張西望了一陣子。看見候車室裡的明立，就走過來問他：

「請問金廣福怎麼走？」

明立看看沒人下車了，就帶著那兩個女生繞到客運站的另一邊，指著斜前方的老房子說：

「那邊有一道磚造的牆壁，從大門走進就是金廣福了！」

兩個大女生順著明立指的方向找過去了。明立回到候車室的椅子上坐下，正想不知道要等到什麼時候，突然一個念頭閃過腦海：

「那個『瘋子』，該不會忘記要在這裡下車吧？」

他趕快跳上車去看看，說不定他要等的人，還在車上呢！

「阿立，一個人出去玩哪？」

這條線上的司機全都認識明立，因為明立爸爸也是跑這條線的。

「不是啦！阿忠哥，我在等人啦！你有沒有看見一個……，一個……。」

明立突然說不下去了。上一次看到瘋子，是國小三年級的暑假。這麼多年了，明立也不知道他現在是什麼樣子。

「嘿！范明立，你一定是范明立！」

一個巴掌從背後襲來，明立的肩膀痛得他幾乎要掉下淚來了。回頭一看，一個幾乎高過他半個頭的男孩，笑咪咪的站在那裡。他的髮型跟明立的小平頭很不一樣，前面的瀏海差點遮住他的大眼睛。右邊嘴角有個隱隱約約的小酒渦。一件寬寬大大的運動衫；一件到膝蓋不知算長還是短的牛仔褲；一雙特大號的運動鞋。明立呆住了，這人長得真像灌籃高手裡的流川楓啊！

看他沒有反應，那個男孩不好意思起來，紅著臉直說對不起。這時候，公車站裡表示開車的鈴聲響了起來，阿忠哥發動車子了。明立抓住男孩的一隻手臂，拉著他一起跳下車子，然後跟他說：

「沒錯！我就是范明立。」

這是明立和瘋子的第二次見面，卻是不知道第幾次的過招了。

劉川豐是明立姑媽的兒子，他跟明立同年同月同日生，從小在台北長大，只有國小三年級那次暑假來過明立家。雖然很少見面，但是明立爸爸最喜歡拿他和明立比較。明立聽媽媽說從誰先長牙，誰先會走路就開始比了。

比到現在，當然是比成績啦！每年農曆的正月初二，明立最怕姑姑從台北打來的電話。她一定先說生意太忙，沒辦法親自回來拜年。然後就開始報告，她的寶貝阿豐去年拿了幾個第一，又學了那些新東西，最後就是明立恨死了的：

「阿立怎麼樣啊？」

等明立爸爸放下電話，明立的耳根就不得清靜了。先是爸爸小時候功課就不曾輸給姑姑，怎麼明立就比不上阿豐那麼多個第一呢？再來就是現在不好好唸書，將來憑什麼到社會上去跟人家比呢？還有……，還有……。

每次聽到這裡，明立的頭就大起來了。這些大人真是無聊，比來比去的，比得明立對劉川豐牙癢癢起來，心裡早就偷偷的把他叫成「瘋子」，好發洩憤憤不平的怒氣。

沒想到這個暑假的第一天，姑姑竟然打電話來，說劉川豐要來住一陣子，請明立第二天到車站去接他。更沒想到劉川豐真的很像流川楓，又高又帥又酷，明立真不知道，自己要拿什麼來跟他比？

從客運站到明立家，走路大概要十分鐘。這十分鐘裡，明立悶不吭聲的走在前面，劉川豐提了一個大旅行袋，這邊看看，那邊瞧瞧，落後明立好幾步才又匆匆的趕上來。

回到家裡，明珠看到劉川豐竟然尖叫出來：

「哇！你好像流川楓喔！」

劉川豐笑著說：

「我本來就叫劉川豐呀！」

「不是啦！我是說你長得好像《灌籃高手》裡的流川楓。」

明珠吐吐舌頭說。

「好了！好了！大家來吃飯吧！」

明立媽媽招呼大家到餐廳吃飯。明珠拉著劉川豐的手走在前面。明立在後面搖搖頭，心裡想著：

「女生就是光會看外表！」

吃飯的時候，劉川豐問：

「舅媽，我們不等舅舅回來吃嗎？」

「哦！你舅舅還在開車，大概一點鐘會回到客運站。到時候，我再叫明立還是明珠提飯包過去。」

「舅舅好辛苦喔！」劉川豐這麼說，讓明立覺得怪怪的。哪裡怪？他又說不上來。他自己可是從來就不會這麼說的，其實他也很清楚，爸爸真的很辛苦，可是要說出口來，好彆扭啊！劉川豐卻是自然而然的就說出來了，真的好奇怪。

吃過飯後，更奇怪的事發生了，劉川豐竟然跟明立媽媽說：

「舅媽，我來洗碗。」

「洗碗？這怎麼可以？男孩子不要做廚房裡的事，叫明立帶你出去走走吧！」

媽媽的反應在明立的意料之中，她從來就不要男生過問廚房的事。可是劉川豐卻說：

「舅——媽——，妳就讓我洗吧！我們家的碗都是我洗的。而且我爸爸說，我住在這裡一定要幫忙做些家事，不能當米蟲。所以，舅媽，碗就給我洗吧！」

天啊！劉川豐這個大男生，他還會撒嬌欸！

他邊說邊把明立媽媽推出廚房，真的去洗碗了。這對明立媽媽來說，真是件不可思議的事。從她嫁到范家來以後，除了坐月子之外，哪一頓飯吃飽後她不必洗碗的？今天這個跟兒子一樣大的外甥，竟然跟她搶著洗碗，明立媽媽的眼眶微微熱了起來。

往後幾天，劉川豐把明立一家人的心都給收買了，只有明立處處找他的碴。明立生氣的是，這人在台北事事第一也就算了，幹嘛跑到人家家裡來臭屁呢？

終於有一天，明立找到劉川豐的弱點了。那是傍晚時節，曬得人們滴油的太陽剛剛下山，明立帶著劉川豐來到國小的操場，遇見林博文和幾個同學在那裡打籃球，林博文跟明立說：

「我剛剛去找你，你媽媽說你在睡午覺。真是浪費時間哪！明年暑假就要上輔導課了，今天不好好的玩個夠怎麼行？來跟我們一起打籃球吧！」

明立看看身材高挑的劉川豐，暗暗的嘆了一口氣。看來，劉川豐又要有一批崇拜者了。沒想到劉川豐竟說：

「對不起，我不會打籃球。」

什麼？這麼棒的身材竟然不會打籃球？沒人相信他的話，一群人還是把他拖到球場上去了。過了一會兒，大家發現，他真的不會打籃球。雖然手長腳長，但是協調性不夠，有時甚至會有同手同腳的情形出現。

明立突然快樂起來，他今天投籃特別順手，搶球也頻頻得手，他是他們這一組最出風頭的人。雖然最後他們這一組輸了，但是明立還是很快樂。

自從知道劉川豐不會打籃球以後，明立跟他反而有說有笑起來。他們一起在家裡打電動玩具，一起到冷泉游泳，甚至一起在廚房裡洗碗。明立這才發現，劉川豐跟他一樣，只是個十四歲的男孩子。

有一天晚上，他們在走廊上乘涼的時候，明立跟劉川豐說：

「你知道嗎?我以前很討厭你的!我總是聽姑姑說,你月考第一名了,英語演講比賽第一名了,什麼什麼又第一名了。你啊!就像超人一樣,我想跟你比?門都沒有!」

「哎呀!我媽最無聊了,老是拿我和人家比來比去的。其實我們班的同學都說我是繡花枕頭,中看不中用。我才羨慕你又會唸書又會玩。其實我媽也把你說得很好呀!」

於是明立對劉川豐盡棄前嫌,他再也不在私底下叫劉川豐「瘋子」了。

劉川豐在明立家住了十幾天,暑假裡最熱鬧的一個節日中元節到了,傍晚時分,街上的每戶人家,都在走廊上擺張桌子。桌上擺滿米啦、雞啦、豬肉啦、粽子啦、龍眼啦、蘋果啦這些供品。除了在桌子前方正中央放米筒用來插香之外,每樣供品上也要插支香,或是三角旗子，旗子上還註明是那戶人家供奉的。供品上的香還不能熄，一支快燒完了，就得補上一支，直到祭典結束。這個活動稱為「中元普渡」。

「這是在拜誰呢？」在台北公寓長大的劉川豐還沒見過這種場面，處處都是疑問。明珠告訴他：

「這是請好兄弟吃飯呀！」

「好兄弟？誰是好兄弟？」

明珠愈解釋，劉川豐愈迷糊，明立在劉川豐的耳邊小聲的說：

「就是那些孤魂野鬼呀！」

雖說是祭拜好兄弟，卻是十分熱鬧。明立和明珠燒過香後，帶著劉川豐上街看豬公去了。每年中元節，附近的十幾個村莊輪流殺神豬來祭祀供奉，今年剛好輪到林博文他們那一村。明立早就聽林博文說，他們家的神豬，要擺在廟前廣場左邊的那家水果店前面。他還說今年他們家的神豬很有可能得獎，因為牠大概超過一千台斤呢！

明立、明珠和劉川豐急著去看林博文家的大豬公，街上熙熙攘攘的人潮，讓他們沒辦法走得很快，劉川豐覺得很奇怪，他說：

「這些人都是從哪裡來的啊？前一陣子，一到晚上七、八點街上就不見人影了，現在竟然熱鬧到這種程度，真是不能想像！」

「這樣才像七月半哪！我們走快……。」

明立的話還沒說完，就被馬路上突如其來的鞭炮聲打斷，旁邊的明珠也被嚇得哇哇大叫。這種排炮不是乖乖的掛在牆上爆炸，它會在路上行人的腳邊跳來跳去。但是，明珠叫得也太誇張了吧？明立記得過年的時候，她放沖天炮、水鴛鴦，放得比誰都厲害，應該不會怕成這樣才對呀！他轉頭想叫她別裝了，卻看見劉川豐早就跳過去，把明珠腳邊的鞭炮踩熄了。那副緊張的樣子，比明立更像明珠的親生哥哥。明立到了嘴邊的話，又吞回去了。

原來這裡有隻得特等獎的「羊咩咩」，牠頭上的角足足有兩台尺半那麼長，是今年羊頭角競長的第一名，牠的主人高興得放鞭炮慶祝。

明立三個人鑽進人堆裡看羊，又鑽出人堆去找林博文家的大豬公。街上的人潮愈來愈多，空氣裡瀰漫著線香的煙霧和此起彼落的鞭炮聲。他們好不容易來到水果店這條街，遠遠的就看見店前的馬路邊，搭起一座好高好高的棚架，上面霓虹燈閃閃爍爍，還有一些熱鬧的傳統音樂傳來。

「看這個樣子，林博文家的豬公一定是得獎了。」

明立說著，就拉著明珠和劉川豐擠到前面去看。

真的！林博文家的大豬公有一千零六台斤，得到了特等獎！豬公被高高的架在上面，大大的頭從霓虹燈的框框裡探出來，嘴裡還銜著一個帶綠葉的鳳梨。

「這神豬是公的還是母的啊？」

劉川豐突然提出的問題，嚇了明立一大跳。還好人聲嘈雜，只有明立聽到他的話。明立趕緊跟他說：

「當然是公的啊！公的才能祭祀嘛！這問題不能亂問，主人聽到會不高興的。」

林博文的阿公應該是沒有聽到這些話，他高興得合不攏嘴，正和道賀的人聊天呢！

明立四處找不到林博文，他趁林阿公停下來喝一口水的時候問他：

「阿公，阿文沒有來嗎？」

「哦！是阿立啊！阿文那個傻孩子，在家裡鬧脾氣呢！你幫阿公去勸勸他好嗎？」

雖然不清楚林博文在鬧什麼脾氣，明立還是點點頭。他到棚架下拉拉還在研究大豬公的劉川豐和明珠，告訴他們想去林博文家。

因為林博文家比較遠，明立要先回去跟媽媽說。而且明珠也累了，明立決定先帶她回家裡去。

劉川豐對這頭大神豬很有興趣，他邊走還邊回頭去看。一個不小心，踩到了人堆裡不知道是誰的腳。

「哎喲！你這人走路怎麼不看前面的啦！」

是個女生的聲音，她正彎腰去揉那隻被踩痛的腳，背影看起來，年紀應該跟明立他們差不多。

「對不起，對不起！我不是故意的。」

劉川豐急得臉都紅了，那個女生蹲了一會兒，不知道是不是痛得站不起來，劉川豐又不敢去扶她，只能傻傻的站在旁邊。

明立等了一會兒沒看見劉川豐，就回頭去找。明立走過來，那個女生也剛好站起來了。

「陳郁秀！」明立叫了出來。

陳郁秀沒有回答他，一句話也不說的看著劉川豐，明立以為母老虎脾氣要發作了，急忙跟她解釋：

「他是我表弟，一定是不小心才踩到妳的。對不起！我替他向妳對不起！」

劉川豐也跟著說對不起，陳郁秀搖搖頭，說了一聲：

「算了！現在不痛了！」

然後稍微一跛一跛的跟來找她的姊姊走了。

在去林博文家的路上，明立跟劉川豐說：

「你剛才踩到的那個女生，是我們班的母老虎，我還以為她會破口大罵呢，沒想到她說算了。她好像跟以前不太一樣了。」

劉川豐搖搖頭說：

「我們班也有這麼兇的女生，不過我們老師說不要叫她母老虎，愈叫她會愈兇的。」

「有時候，我覺得女生跟我們差很多，簡直就是另外一種動物！」明立說。

劉川豐笑了出來，他說：

「有這麼嚴重嗎？我倒覺得她們還好啦！」

明立聳聳肩，沒說什麼。

到了林博文家裡，只看見博文的媽媽，她指了指曬穀場邊的一個大石頭說：

「阿文在那裡坐了一個晚上了。」

原來林博文在為他的寶貝豬公難過。他說：

「從小就是我餵牠的。牠連我的腳步聲都聽得出來，只要是我靠近牠，牠都會輕輕的哼幾聲。」

明立和劉川豐都不知道該說什麼好，林博文停了一會兒繼續說：

「牠還跟我一樣，最愛聽五月天的歌。只要是放五月天的歌，牠一定吃得又快又多。」

說著，說著，林博文又說不下去了。明立心裡想：

「大豬公還崇拜偶像呢！這太離譜了吧？」

但是看林博文這麼傷心，明立也不好跟他爭論。明立看看劉川豐，劉川豐竟然很專心的聽林博文說話：

「我阿公說，神豬是用來祭祀供奉用的，這是牠的光榮，我不需要傷心。可是，我就是捨不得呀！」

又過了一會兒，林博文吸吸鼻子，說：

「說出來以後，我覺得好多了！謝謝你們來看我。」

「不要這麼說。朋友是做什麼用的？對不對？」

明立終於找到話說了，不過時間也很晚了，他和劉川豐沒待多久就得回家了。

回到家，明珠早就睡了，明立爸媽正在燒銀紙。廟前的鬼王「大士爺」，也被扛到廣場上燒掉。明立和劉川豐幫忙收拾好東西，就回房裡睡覺。

「哎呀！我忘了帶你到廟前去看爐主準備的供品了，那些東西呀，……」

明立發現沒人理他，低頭一看，這個台北來的客人，累得一沾床就睡著了。

7 秀秀的初戀

秀秀最近很奇怪，她常常一個人坐在那裡，不知道想些什麼。有時候，想著、想著，自己就笑出聲來；有時候，卻又搖搖頭，嘆口氣，一副失魂落魄的樣子。

最先發現這種情形的是郁枝，她故意走到秀秀前面，伸出一隻手在秀秀的眼前晃來晃去。沒想到秀秀一點反應也沒有！郁枝推她一把：

「秀秀，妳變成化石啦？」

秀秀回過神來，不好意思的笑一笑：

「沒有啊！」

「欸！妳臉紅了喔！沒想到妳也會臉紅。」

郁枝大驚小怪的叫起來，弄得秀秀更不好意思了。她急忙跑到浴室去躲起來。

秀秀看著鏡子裡的自己，才發現一張臉紅得像熟透的番茄一樣。她放了一盆冷水，把整個臉埋在水裡，好像還聽到，在燃燒的木炭上潑了一盆冷水那樣「嗤——」的一聲。

秀秀也弄不清楚，自己到底是怎麼了。自從七月半到街上看豬公，被范明立的表弟踩了一腳以後，就這麼莫名其妙起來。莫名其妙的想起那個人的眼睛；莫名其妙的想起那個人的酒渦；莫名其妙的想起那個人臉紅的樣子。可是，自己連那個人叫什麼名字都不知道呢！

「難道……，難道這就是小說裡面的『一見鍾情』嗎？」

想到這個，秀秀的臉一下又燒紅起來。

以前，秀秀是最不屑班上那些女生，老是兩、三個人擠在一起，看什麼羅曼史小說，不時還「嘻、嘻、嘻」的傻笑幾聲。沒想到這種事情，竟然會發生在她陳郁秀的身上，這該怎麼辦呢？

這種事，悶在心裡悶得好難過呀！要說嘛，跟誰說好呢？老爸、老媽是不用說了，被他們知道的話，說不定會被打死呢！大姊忙她的婚事，她說農曆七月是婚紗公司的淡季，趁這時候拍結婚照，可以省下不少錢。二姊、三姊、四姊一定會說：

「小毛頭，妳現在談戀愛太早了吧？」

郁枝聽了一定是笑個不停，甚至會笑到抱著肚子蹲下去。郁葉呢？她大概會說：

「啊？妳說什麼？再說一遍好不好？」

秀秀從來就不曾覺得這麼孤單過，滿腔心事，不知道要跟誰傾吐啊！唉！她也曾想到彭玉容，可是秀秀又怕她大驚小怪的跟別人說，那她陳郁秀的臉要往那裡擺呢！她也想過班導，可是她最近帶寶寶帶得又忙又累，秀秀不好再去煩她了。

想到了班導，秀秀終於想到了一個適當的人選，那就是班導的同學，那個童話作家——姜老師。秀秀記得姜老師在代課的最後一天，曾把她的聯絡電話留給大家，她還說：

「跟你們相處的這段日子，讓我年輕不少。希望以後各位同學想到我的時候，就給我一通電話，我會很高興跟你聊聊的。」

秀秀不知道姜老師有沒有被同學們的電話煩死，不過她現在是秀秀唯一想得到的救星。所以當秀秀快被自己那種很想念一個人，卻又不敢去見他的感覺逼瘋的時候，她拿起電話，撥到姜老師家去了。

「喂！請問姜老師在家嗎？」

「姜老師？我們家沒……，哦！妳要找素真是嗎？請等一下。」

接電話的人去叫老師來聽了。秀秀拿著話筒，心裡盤算著要怎樣跟老師說。不久，話筒裡傳來熟悉的聲音：

「喂！我是姜素真。請問你是那位？」

「老師，我是陳郁秀。我……」

「哦！郁秀啊！終於想到老師了喔！好久不見了，最近好嗎？」

「老師，我想……，我……。」

「怎麼了？說話這麼吞吞吐吐的？」

「老師，我……，我有事情想問妳。」

「是不是電話裡不方便說？要不要到我家來？」

姜老師好聰明，一聽就聽出秀秀有重要的事情。她邀秀秀到家裡去，應該是要和秀秀好好的談一談。

姜老師家就在客運站旁邊，是棟很老、很漂亮的房子。站在外面，只能看到圍牆上探出頭來的花木，和比樹木高出一點的屋簷，在藍空下向上畫出一道彎彎的弧型。

秀秀一向就覺得這間漂亮的老房子很神祕，有機會進去看看，秀秀也很高興。可是進去是要跟姜老師談她有生以來最大的祕密，她又有點猶豫了。後來她決定邀彭玉容跟她一起去。不過她一再的跟彭玉容說：

「我跟姜老師說的事情，妳一定不可以跟別人說喔！」

秀秀一而再，再而三的叮嚀，逼得彭玉容說：

「我發誓，我說出去會被雷公打死，好不好？到底是什麼事情嘛？」

「哎呀！我跟老師說的時候，妳聽了就知道啦！」

於是這天，秀秀和彭玉容吃過中飯後，就一起來到姜老師家的大門口。秀秀舉起手，正想按門鈴，卻聽到彭玉容在叫人：

「范明立！」

秀秀回頭看，是范明立提著一個提鍋，和兩根香蕉走過來了。他的旁邊還有……，還有「那個人」。

炎熱的空氣突然停止了流動，一丁點兒風都沒有。悶得秀秀滿臉發紅，手心流汗。樹上的那些蟬，不知怎麼忽然大聲起來，轟得秀秀的耳朵隆隆作響。

「范明立，你要去那裡啊？」彭玉容問。

「提飯去給我爸爸吃。妳們在這兒做什麼？」范明立說。

自從班際合唱比賽以後，他們班上的男生和女生好像解除了「魔咒」，不再互相爭吵，互相排斥。下課的時候會聊聊天，有時還一起研究功課呢！可是今天，彭玉容不知道秀秀犯了什麼毛病，一個勁兒的低頭不說話。不知道她在想些什麼。

其實，不要說是彭玉容，就是秀秀的媽媽或是姊姊們，一定也想不到，秀秀這時候想到的竟然是：

「哎呀！我怎麼會穿這條牛仔褲呢？還有這件米老鼠運動衫，好幼稚喔！我實在應該跟郁葉借那件蓬蓬袖的洋裝才對。」

想到這裡，她幾乎要躲到彭玉容後面去了。偏偏范明立卻指名找她：

「陳郁秀，那天我表弟踩了妳一腳，妳還在生氣呀？」

秀秀不得不抬起頭來，不過她兩眼直視范明立，看都不看「那個人」一眼。她說：

「沒有啊！早就不痛了，沒什麼好生氣的。」

說完她馬上就後悔了。秀秀在心裡責怪自己：

「這麼講真是小氣，他一定以為我還在生氣。我應該笑一笑，然後說我本來就沒生氣呀！」

秀秀還希望彭玉容會問范明立，「那個人」叫什麼名字，可是他們兩個儘聊些有的沒有的。就是沒談到「那個人」。過了一會兒，范明立他們要走了，秀秀又沒什麼好理由可以把他們留下來，只有眼睜睜的看著他們走遠。

「哇！秀秀，妳有沒有看到，范明立他表弟好帥唷！他長得跟漫畫裡的流川楓好像。」彭玉容看著他們的背影說。

「流川楓有什麼了不起的？」秀秀故意這麼回答。

彭玉容看著秀秀，她說：

「妳今天很奇怪喔！」

秀秀不再說話，她按了門鈴，等了一會兒，姜老師來開門了。

「哇！老師，你們家好漂亮喔！」

秀秀和彭玉容不約而同的說。

姜老師的家確實很漂亮。進入大門，首先映入眼簾的是一片綠油油的草地，中間有條石板鋪成的小徑。小徑兩旁，有一些茶花和桂花樹排列，園子的角落還站著兩棵老樟樹。樹底下，有張圓的石桌和幾張石凳子。夏天好像被關在門外進不來了。

老師笑著跟她們說：

「妳們看到的是好的一面。我像妳們這麼大的時候，恨死這個園子了。草長了要割，樹葉掉了要掃，每天早上還有一大群麻雀在樹上吱吱喳喳亂叫，吵得人家不得不起床。那時候我最羨慕家裡有樓梯的同學，一天到晚往別人家跑呢！」

老師把她們帶到樹下，坐了下來。

「聽妳們班導說，你們合唱比賽得了第二名，不簡單哪！」姜老師說。

「可是輸給了二年孝班呀！我們班好多人都哭了呢！」

彭玉容說完，看了秀秀一眼。她以為秀秀會接下去吐一堆苦水出來。沒想到秀秀死盯著地板，根本沒聽她們在說些什麼。

「你們太苛求自己啦！你們同班不到一年，他們可是快要兩年了，又比你們多一次上台的經驗，所以，我覺得你們班非常好了。咦！郁秀，我們家地上什麼東西這麼好看哪？」

「嗄！老師，你跟我說話嗎？」秀秀終於回過神來。

「老師問你，什麼東西這麼好看啦！」

彭玉容真想問秀秀，到底怎麼搞的？邀人家來看老師，現在自己又不說話，真是有毛病！

「郁秀有心事喔！」老師說。

秀秀又想了一下，該怎麼說呢？最後她決定用最直接的方法，她深深吸了一口氣：

「我——戀——愛——了。」

「什麼？妳說妳怎麼了？」

彭玉容好吃驚，她的聲量嚇得樹上唧唧叫的蟬都安靜下來。突然而來的寂靜，讓秀秀的頭垂得更低，她不知道姜老師會說些什麼，她好緊張、好緊張的等姜老師出聲。

「哇！小女孩長大了。」

姜老師的聲音好輕好輕，像是樹下習習而來的涼風，吹走了秀秀滿臉的燠熱。秀秀抬起頭，聽老師繼續說下去。

「看妳吞吞吐吐的樣子，我就猜出八、九分了。妳們這種年齡的孩子啊，對愛情向來是充滿想像，充滿憧憬的。」

「可是老師，陳郁秀以前最討厭男生的。她說男生都很臭屁，就因為自己是男生，就自以為了不起，她怎麼會……？」

彭玉容還是那副不能相信的樣子。秀秀一直朝她眨眼睛，希望她別再說下去了，可是她還是嘰嘰咕咕的說個沒完。

姜老師看了，忍不住笑了出來。她說：

「玉容，妳不要不相信，說不定過幾天，就輪到妳身上來了。」

「老師妳怎麼知道呢？」彭玉容還是搖搖頭。

「別忘了，我也有過這樣的年齡啊！國小六年級的時候，我們班上同學還把我和一個姓蕭的男生配對，叫我蕭太太呢！」

「那……，老師，我現在該怎麼辦？」秀秀說。

「什麼怎麼辦？」老師問。

「我該不該告訴他我愛……，我喜歡他？是當面跟他說好？還是請別人傳話？或是……，或是寫信告訴他？」

「等一下，等一下。妳是說那個男生不知道妳喜歡他？」

彭玉容打斷了秀秀的話。

「是啊！他可能根本就不認識我呢！」

秀秀愈說聲音愈小。彭玉容卻著急的問：

「他可能不認識妳？他到底是誰呀？」

「我也不知道他的名字呀！」

「妳是說妳不知道人家的名字，就喜歡上人家了？」

彭玉容又把樹上的蟬嚇得沒聲音了。

「玉容，妳別這麼大聲。」姜老師說：

「感情的事，有時候是沒什麼道理好說的。不過，郁秀，感情雖然沒道理可說，卻是必須負責任的。妳不能現在喜歡人家，以後就不喜歡了；妳也不能喜歡這個人，又喜歡那個人，不然會帶來很多痛苦的喔！」

「可是老師，妳以前還不是讓同學叫你蕭太太？」

「是啊！那時候心裡還偷偷的歡喜呢！可是啊，我現在卻慶幸那個男生下學期就轉學走了。不然，我現在就沒機會認識這個這麼適合的男朋友了。」

「可是老師，我現在好痛苦喔！常常想要看看他，看到他的時候，又傻傻的想要躲起來，這種日子真難過！」

「我了解，我了解！那年我們班上那個男生轉走的時候，我還哭了好久呢！不過後來我發現有一些辦法可以減輕痛苦喔！」

「什麼辦法？」秀秀急著問。

「難過的時候，就去找人聊天啊，聽聽音樂啊，跑跑步、打打球。或者去看『公主和王子從此快樂幸福的生活在一起』的故事書，甚至背英文單字都好，只要能分散注意力就有減輕痛苦的效果。喔！還有，多觀察觀察別的男生，把他們互相比較一下，妳也會有收穫的。」

「好吧！我試試看好了。可是老師，我真的不能告訴他，我喜歡他嗎？」秀秀好像並不死心。

「妳自己考慮考慮吧！畢竟妳才是女主角啊！不過別忘了，感情是要負責任的，對對方負責，也要對自己負責。」

秀秀不說話了，她的視線，穿過樟樹枝葉，越過老屋屋背，看著沈默的秀巒山。秀秀在思考她這輩子的第一次感情事件。

彭玉容吐吐舌頭，拍拍胸脯，她說：

「還好我沒遇上這種麻煩事！」

可是姜老師卻跟她說：

「別急，別急！這初戀就像出水痘，一個人一輩子都會有那麼一次，遲早的問題而已。處理得好，一切平安順利，處理得不好，可能就會在心裡留下疤痕了。」

「那——，有沒有預防針可以打啊？」彭玉容說。

「問得好！妳現在就是在打預防針，不過有沒有效，就得看妳自己會不會想了。」

後來姜老師和秀秀、彭玉容他們又聊了許多別的事情，秀秀顯得開朗多了，說說笑笑的，恢復了以往的笑容。不過她一直沒有告訴另外兩個人，她的決定是什麼。

8 誰先坐上金交椅

人，真的是種很奇怪的動物。暑假還沒來的時候，期待得要命；暑假剛開始，確實也高興了幾天；可是到了暑假中間就開始覺得無聊了，無聊到覺得還是上課比較有趣。但是等到暑假真要結束，馬上就要開學，又覺得還是放假輕鬆。

這好像不是明立一個人的想法而已。開學後，同學們一起聊天，很多人都有這種感覺。大家討論的結果是，最好能把暑假分散。上課一個月，休息一個禮拜，那就棒呆了。但是這又不是學生能決定的，大家也只能說說就算了。

不過說這些也沒什麼意思了。因為上了二年級，就進入「戰備狀態」，大家開始為兩年後的升學拚命，下一個暑假，是絕對絕對沒空無聊了。

雖然功課這麼緊，彼此成績競爭很激烈，但是班上男女生對立的情形，卻比一年級時好太多了。就拿陳郁秀來說，明立覺得她不像以前那麼兇了。其實應該是在合唱比賽以後，她就溫和多了。不過更明顯的是七月半那次，她被劉川豐踩了一腳，竟然沒有當場發作，甚至後來還說沒什麼好生氣的，明立覺得陳郁秀真的變了。

林博文更是在合唱比賽以後就被女生「收服」了。他想起自己膽怯不敢上台，全班一起為他加油打氣的事情，就覺得男生和女生，是可以「同一國」的。

秀秀呢？繁忙的功課分散了七月半後的初戀情懷，她也接受姜老師的意見，多觀察周圍的男生，看看他們有什麼不一樣。她發現，男生和女生除上次護士阿姨上課提到的生理不同之外，其他的地方就差不多了。像林博文比較害羞，范明立有一點臭屁，可是他們遇到傷心的事一樣會哭，遇到快樂的事一樣會笑。所以秀秀認為男生跟女生差不多，沒什麼了不起的。她決定好好當個女生，告訴老爸和老媽，生不出兒子沒有關係，女兒也是不錯的。

所以現在教室裡面是和樂融融的「大和解」狀態，大家一起討論功課，一起談職棒，一起聊偶像，甚至有些生活上自己不能解決的問題，也會提出來。

這天，是中秋節過後的第一天，秀秀跟明立說：

「妳表哥是怎麼回事？我大姊昨天晚上回來，眼睛紅紅的不說話。我媽急得不得了，說都快結婚的人了還常常鬧彆扭，以後要怎麼辦？」

「我也不知道啊！仲和表哥有來北埔的話，也是往你們家跑，我已經有一段時間沒見到他了！」

明立聳聳肩，表示愛莫能助。可是過了幾天，卻是明立跟秀秀說：

「我表哥要我問妳看看，你們家的電話是不是壞了？怎麼他打了好久都打不通，不然就是一接通就斷了。」

秀秀搖搖頭，她說：

「電話被大姊拿起來了，有時候沒拿起來，也是大姊去接。只要是蕭大哥的聲音，她就把電話掛掉。真不知道是什麼事情，把大姊氣成這個樣子。」

後來還是明立從表哥那邊弄清楚了。原來中秋節那天晚上，仲和表哥和秀秀的大姊郁梅一起在秀巒山上賞月。走著，走著，迎面來了三、四個小姐，其中一個看了仲和表哥，叫出聲來：「蕭仲和！你是蕭仲和對不對？」

原來她們是仲和表哥的國小同學，不過這也沒什麼大不了的，誰沒有國小同學呢？麻煩的是，她們在仲和表哥要介紹郁梅姊姊之前，竟回頭向後面兩個落後的同學叫：

「蕭太太，蕭太太，妳快來看看這是誰？」

蕭太太？郁梅姊姊一時沒反應過來，後來才弄清楚，仲和大哥遇見「初戀情人」了。郁梅姊姊當時不好發作，可是等到他們敘完了舊，揮手再見以後，她就不講話了。

其實仲和真的是很冤枉，這根本就是他國小六年級的時候，同學們瞎起鬨的。後來他轉學到竹東，就再也沒見過她了。

為了這對「歡喜冤家」，明立和秀秀傳話傳了好多次，但是郁梅的氣就是不消。弄到後來，仲和的火氣也來了。兩個人僵在那裡，誰也幫不上忙。

秀秀說：

「要是他們兩個能見見面，說不定就能緩和一下了！」

「見面？連電話都不講了，他們鐵定不肯見面的。」明立說。

「我們想辦法讓他們見面呀！」秀秀說。

「什麼辦法？要我們假裝仲和表哥，寫信約郁梅姊姊出來嗎？這個電視上都演過了，她不會信的啦！」

「一定還有其他辦法的，只是我們還沒想到而已。我回去跟我其他的姊姊們問問看。」

秀秀姊妹們商量的結果是：上秀巒山去找金交椅。

「為什麼？」明立不懂，金交椅和他們見面有什麼關係。

「你沒聽過，誰先坐上金交椅，他的另一半就會聽他的話嗎？我跟我大姊說去找金交椅坐，讓仲和大哥聽她的；你跟你表哥說去坐金交椅，讓我大姊聽他的。這樣就可以讓他們在金交椅那裡碰面了！」

秀秀耐著性子跟明立解說，可是明立還是有疑問：

「他們會相信嗎？而且，我們也不知道金交椅在什麼地方呀！」

「哎呀！你就跟仲和大哥說『寧可信其有，不可信其無』，坐一坐也沒什麼損失呀！不過，金交椅到底在哪裡？這倒是個問題。」

真的沒人知道，金交椅在秀巒山上的哪個地方。秀秀和明立問了好多人，有的人聽都沒聽過；有的人聽過，卻不知道在那裡。最有意思的是林博文的阿公，他說：

「怎麼會不知道金交椅這回事？我就是坐過金交椅，所以博文的阿婆才會什麼都聽我的呀！不過，後來我再去找金交椅，想讓阿文他爸爸坐坐看，卻是怎麼找都找不到了。」

原本以為找到救星的兩人，這下又像洩了氣的皮球一樣，提不起勁來了。

還好，救星最後終於出現了。這救星，還真是「踏破鐵鞋無覓處，得來全不費功夫」，她就是姜素真老師。

星期六那天的中午，明立送飯包到客運站給他爸爸吃。回家的時候，遇見了正從漂亮老房子出來的姜老師。

「老師好！」

明立大聲的跟老師打招呼。

「哦！是明立。給爸爸送飯包啊？」

「是啊！老師要出去嗎？」

「想去秀巒山上走走。」姜老師說。

明立不知道哪來的靈感，他想老師就住在秀巒山下，或許知道金交椅在那裡也說不定喔！他問老師：

「老師，妳知不知道秀巒山上有張金交椅？」

「哈！這你可問對人了！我不僅知道金交椅，我還坐過金交椅呢！」

「真的？那老師妳知不知道金交椅在哪裡？」

「當然知道囉！」

明立樂壞了，他本來想把仲和表哥的事全部告訴老師，但又急著去告訴秀秀這件事，然後再分頭去說服那兩個彆扭的男女主角，所以他跟姜老師說：

「老師，妳告訴我怎麼走好嗎？」

「怎麼？你怕將來另一半不聽你的啊？」

「不是啦！說來話長，等我們事情解決後，再好好跟老師報告。老師妳先告訴我怎麼走，我和陳郁秀明天就可以把事情解決了。」

於是第二天，秀秀七姊妹從牌樓這邊上山，明立和仲和從廢棄給水站這邊開始，兵分兩路的往金交椅那邊去了。

根據姜老師的說法，金交椅的位置，並不在村人常常走動的前面這一帶。從百年老樹邊的小徑往上走，到了頂端有座涼亭。平常大部分的人都右轉，往一百多層的階梯那個方向下山去了。可是如果要去金交椅那裡，就要在涼亭這邊左轉，往大湖的方向走。那裡應該可以算是秀巒山的後山了。

其實郁梅對金交椅的功能是半信半疑的，甚至，疑的部分要比信的部分多一些。不過在家裡悶久了，出來走走透透氣也好。再說她並不是真的那麼氣蕭仲和，「八百年前」的初戀情人，誰有那麼多精神來計較呢？只是現在一時找不到台階下，或許走一走，想一想，可以給自己找個藉口也不一定。

所以當其他妹妹覺得愈走愈遠，不大對勁而追問秀秀，她的「消息來源」到底有沒有問題的時候，郁梅反而安慰她們：「別急，別急！找不到就算了。當我們出來郊遊，看看風景也好啊！」

這邊的風景，確實跟前山很不一樣。這裡沒有高大的喬木，也沒有低矮的灌木，到處都是叢生的芒草。滿山遍野的芒花，妝點出一片銀白的雪世界。芒花還會在風中搖動，又比積雪多了一分搖曳的風姿。

蕭仲和和明立從涼亭那裡左轉，進入芒花拂面的小徑以後，雖然沒看見人影，卻聽到了女孩子們的說話聲。其中一個聲音，是他非常熟悉的。他用充滿疑問的眼光看著表弟：

「阿立，你在搞什麼鬼？」

「我……，哎呀！是陳郁秀的主意啦！她說讓你們見見面，大概就會和好了。」

明立一講謊話臉就紅，他乾脆把計畫全都說出來。可是又怕表哥聽了回頭就走，一直拜託仲和：

「表哥，你一定要去啦！不然我會被陳郁秀罵慘的！」

「放心！我不是跟你一起來了嗎？」

說起來，仲和還要謝謝明立呢！最近他一直在想，為了小事壞了感情，真是不值得。他應該找郁梅當面說清楚的。既然明立他們安排了機會，怎麼可以錯過呢？

就這樣，兩組人馬，一前一後的找金交椅去了。秀秀愈走，心裡愈不安：

「不知道范明立有沒有說錯，這種地方，會有什麼金交椅呢？奇怪！他們怎麼還沒來？不會是忘記了吧？」

「秀秀！哪有帶路的人走在最後面的？妳快點行不行？」

郁蘭在前面催秀秀，她也急著想看看金交椅的樣子。秀秀硬著頭皮走在最前面，腳步越走越沉重。

還好，不一會兒，明立說的那面兩層樓高的峭壁就在眼前了。

「到了！到了！金交椅就在那面山壁上！」

五個姊姊跟著秀秀跑過去，只有郁葉慢慢吞吞的說：

「不會吧？椅子怎麼可能在牆壁上呢？」

山壁上確實沒什麼椅子，只在三分之二高的地方，有個「單人座」的凹洞，看起來像是一張嵌在牆上，沒有扶手的椅子。

「這就是……。」

「金交椅嗎？」

雙胞胎姊姊一副不能相信的樣子。倒是二姊郁蘭比較面對現實，她說：

「不然妳們以為山上會有多豪華的椅子？就是這種天然的椅子，才像有傳說中的功效嘛！問題是，這麼高，怎麼上去坐呀？」

郁枝看看那張「椅子」，問秀秀：

「妳確定這就是金交椅？」

「應該沒錯！我們老師說金交椅嵌在峭壁上，想上去還得花點功夫呢！」

其實秀秀並不太在意金交椅的真假，她擔心的是，仲和大哥和明立怎麼還沒來呢？可是她又怕大姊起疑心，不敢把焦急放在臉上。萬一錯過了時間，秀秀不但自責，還得挨五個姊姊的罵呀！還好，在大家研究怎麼上去的時候，一個期待中的聲音出現了。

「郁梅，我陪妳爬上去好嗎？」

是仲和大哥！他一臉誠摯的邀請郁梅大姊。郁梅一時愣在那裡反應不過來，大家的眼光都盯著她看，希望看見她點頭。

可是時間好像停住了，大家像被魔法定住的木頭人一樣，一動也不動的。直到有兩個人闖了進來。

「哇！怎麼這麼多人在這兒？」

「老師！」

「老師！」

明立和秀秀不約而同的叫起來。不過吃驚的不只他們兩個人，仲和也叫出聲來：

「姜素真，你怎麼來了？」

原來仲和大哥的「初戀情人」竟然是秀秀和明立的代課老師。要是早知道的話，郁梅姊姊就不必生悶氣了，因為秀秀早就知道，姜老師有個長得很像劉德華的男朋友啦！

今天這個男朋友也一起來了，姜老師說：

「昨天明立說要和郁秀來這兒，我有點不放心。今天剛好我的……，我的未婚夫來北埔玩，所以請他陪我過來看看。」

「未婚夫？老師你也訂婚啦？」秀秀哇哇怪叫。

「是啊！我六月底訂婚的。對了！我今天才知道，蕭仲和的未婚妻是妳大姊呢！」

現在事情弄清楚了，郁梅跟仲和輕輕的說聲對不起，從此「公主和王子」要過著快樂幸福的生活了。不過，到底仲和和郁梅是誰坐上金交椅呢？

哦！那個溫馨的畫面讓秀秀羨慕了好久，她決定將來她和她的另一半也要這樣。本來是仲和要郁梅坐的，可是郁梅堅持要仲和坐。推來推去推了半天，最後是，仲和抱著郁梅一起坐上了金交椅！

從秀巒山回來後，大姊開始忙著辦嫁妝了。媽媽和幾個姊姊幫著大姊把大包小包的東西從新竹搬回來，都快把家裡變成百貨公司了。秀秀因為功課緊，不是「採買大隊」的一份子。不過，大姊跟她說：

「秀秀，謝謝妳上回帶我們去坐金交椅。我要送妳一件禮物，妳想要什麼？趕快跟我說。」

秀秀衝口而出的說：

「我要一件洋裝！」

「洋裝？我有沒有聽錯？秀秀妳要一件洋裝？」在旁邊清點東西的老媽吃了一驚，她甚至問：

「秀秀，妳要洋裝做什麼？」

「大姊結婚的時候穿哪！不然妳又要說我穿著長褲晃來晃去，一點女孩子的樣子都沒有！」

秀秀說完不好意思的溜了。老媽看著她的背影說：
「還好，她沒有變成男孩子！」

男生女生配（延伸閱讀）

黃秋芳

男生白天在外奮鬥，晚上還得看孩子，哪像女生這麼命好

女生哪有什麼命好？

從早忙到晚，又不受重視，說的話都沒人聽

男生女生不一樣

在家裡，是不是覺得很奇怪，有時候還覺得很煩，男生和女生，怎麼會這麼不一樣？

在學校呢？是不是也有很多因為男生女生不一樣而引起的生氣、難過和困惑呢？

小時候，我們倒沒有特別覺得，男生和女生有什麼不一樣？鄰居的女兒有一張大床，每天下了課，帶一整票同學回家，寫完功課，七、八個同學爬上大床，矇進被窩，玩遊戲、講笑話，輪流編鬼故事……，一遇到緊張處就這裡擠、那裡縮，不斷爆出驚叫聲，直到她阿嬤進房間抓起掃把往床上一打，大吼：「全部給我爬出來！」「都說過幾百次了，上了五年級後，就不准這麼靠近！」「不行蓋著棉被躲在床上玩！」「男生、女生不可以這樣擠在一起玩。」……

無數次聽到這位「阿嬤超人」大顯神威的怒吼聲，我都忍不住笑。在曲曲折折、你疑我猜的成長路上，還有一群孩子，不在乎自己上六年級了，不相信不可以一起玩，不知道男生女生有什麼不一樣，這多可愛啊！

多希望大家可以一直這樣純真快樂地玩在一起呢！但是，這是不可能的希望，除非有誰可以阻止時光，拒絕長大。所以，我們每一個人都越來越覺得，男生和女生，真的有很多不一樣。

在《秀巒山上的金交椅》這本書裡的三位小男主角，不但覺得男生女生不一樣，他們在面對「男生、女生」的問題時，彼此的態度，也有很多不一樣。

愛唸書，又更愛打球的范明立，活潑，率性，總覺得：「我覺得女生跟我們差很多，簡直就是另外一種動物！」

來自都市，懂得體貼別人的劉川豐，反而都笑笑說：「有這麼嚴重嗎？我倒覺得她們還好啦！」

害羞的林博文，在合唱比賽以後就被女生「收服」了。他想起自己膽怯不敢上台，全班一起為他加油打氣的事情，就覺得男生和女生，是可以「同一國」的。

瞧，這三位這麼要好的朋友，表現得這麼不一樣。男生和女生，究竟算不算是另外一種動物呢？

男生女生差不多

男生和女生，無論是身高、體重、臉部輪廓、穿著打扮、舉手投足……等，全都有所差異。至於更多的能力差異，可能部分來自於先天限制，更多的是後天訓練的影響，比如男女生的力量原本都差不多，因為男生的力氣常常被鼓勵，久而久之差異就被拉大了；其他像智力、個性、價值觀等，也因為後天教養，進一步被強化出各種不同。

除此之外，男生和女生的穿著打扮、舉手投足等性別角色，基本上都因為社會認定或期待而形成「刻板印象」。例如頭髮長度，生理上並沒有限制男生長不出長頭髮，所以短髮不是天生、是「人為」的；舉手投足也是這樣，男生不一定都是「男子漢」，女生也不可能天生就知道什麼叫「淑女」。

整個社會團體對男生、女生，有一定的要求和期望，我們一方面懼怕這些壓力、一方面又在潛意識裡模仿，更矛盾的是，我們有時候高興這樣，有時候又在心裡存著一些不甘願，所以在生理、心理上，常常有很多拉扯。除非遇到一些特殊事件，讓大家有互相認識、互相合作的機會，大家才能認清，在這麼多男生女生「不一樣」當中，還是藏著更多人性上的「差不多」。

比如說，班際合唱比賽，就是一種男生和女生互相「展示」和「揭露」的最佳時刻。不但整個班上的男生和女生解除「魔咒」，不再互相爭吵，下課時會聊天，有時還一起研究功課，連很「恰」的陳郁秀，也發現男生和女生除了生理不同之外，其實都差不多，像林博文比較害羞，范明立有一點臭屁，可是他們遇到傷心的事一樣會哭，遇到快樂的事一樣會笑，男生跟女生差不多，沒什麼了不起，所以，她才能夠好好當個女生。

童謠裡的男生女生

傳統社會就不像現代生活這樣，提供各種男生和女生互相了解、合作的機會；當然更沒有人聽過什麼叫做「兩性平權」。

尤其在福佬人的人情世界裡，重男輕女，是最平常的觀念，父兄威權，誰都不能挑戰。生活在這樣複雜的禮教裡，女生幾乎都是隱形的，電影《桂花巷》裡的女人，一生都由不得自己做主，她的教養，是父兄的成績，她的不幸，大家卻多半置身事外；即使在離婚的傷心裡，也要吞聲忍辱，跪求婆婆收回嫁妝，因為被夫家退回嫁妝，就丟了娘家面子。

在閩南童謠裡，我們可以清楚地看到這些被暗示的「女德」：

新娘仔，透早起。

入灶腳，洗碗箸；入房間，繡針黹；

入大廳，擦桌椅。

哦咾（意指「讚美」）兄，哦咾弟，

哦咾親家親家母好教示。

跟這些童謠，我們彷彿追逐著一個美麗的新娘影子，從廚房、房間，最後進入客廳，像童話裡的南瓜馬車，從平凡轉為燦爛。然則，這一切的魔法，是爸爸、哥哥所賦予的「教示」，這個辛苦的新娘子，自己可一點功勞都沒有。

相較於這種軟弱女性的形象，客家女性，就顯得特別強大。她們在傳統的馴順形象中，主掌勞役，也主宰決定的威權，無論是田事或家事，大剌剌地和負責防禦安全的男性角色分庭抗禮，亮不掩藏地透露出強韌的生命力。

有名的客家童謠〈阿鷲尖〉中，透露出很多有趣的訊息：

阿鷲尖，尾拖拖，
沒爺沒娘跟叔婆。
叔婆哩？掌牛哩！
牛哩？賣忒哩！
錢哩？討餔娘（新娘）！
餔娘哩？走忒哩！

無依無靠、拖著沉沉尾巴的烏鶖鳥，暗示著黑沉沉的生活壓力，沒爺沒娘，只跟著叔婆，揭露出客家族群在求生的艱難奮鬥中，只靠男性是不足的，不得不藉著強韌的女性勞動力來撐持，而後在最緊要處放手一鬆，新娘呢？啊，新娘已經跑掉了。

原來啊！在客家移民的艱苦背景裡，幸與不幸，要由是不是能夠堅持到底的新娘子來決定。

客語裡的男生女生

瞧，在客家世界裡，女生有多重要！

女性角色在強勢的勞動力下，一直被極度尊重。所以，客家人喜歡以什麼「蓮」、什麼「嬌」、什麼「妹」來命名一個女嬰，確實是對於女性角色所擔負的強勢勞動力，表示疼惜和尊重。

這種尊重平等的特質，表現在語言用法上，特別耐人尋味。比如說：客家人用什麼「公」、什麼「牯」來指稱男性角色；也用什麼「嫲」、什麼「姑」來指稱女性角色。

這種男生和女生的差異，因為「地位平等」，居然可以延伸到生活裡和我們關係深厚的「器具」和「人體細節」的命名呢！

家用器具的命名，算是男有份、女有歸，井然有序。擺放在廚房角落裡發揮實用功能的鍋杓器械，客語多半會說「杓嫲」、「刀嫲」、「鍋嫲」；至於能夠大剌剌地端上抬面的，就叫做「碗公」。

人體器官也是分庭相抗的。大方顯露在外的，感覺上就比較像男生，像鼻子叫做「鼻公」、耳朵叫「耳公」、鬍鬚叫「鬚」，手腳各有「手趾公」、「腳趾公」；那些隱密在看不到的部位，就像女生一樣，像「舌嫲」、「奶姑」；即使是一伸出就看得到的手，合起來時的握拳，我們叫

「拳頭嬷」、「巴掌嬷」，弓緊的指背，往頑皮的孩子頭上一敲，又變成重重的「五公蓋」。

這種表現在客語裡的男生和女生，想起來不是很有意思嗎？簡直是語言版的「兩性平權」，像兩隊競賽一樣，和諧、有趣，並且充滿對稱和互補之美。

仔細想一想，如果這世界上的男生和女生，在處理任何問題、面對任何衝突，或者是解決任何困難時，都可以這樣和諧、有趣、對稱而互補，這樣，我們是不是就會覺得人人可愛、處處生機，再也不必去找金交椅，並且為了誰先坐上金交椅，拚個你死我活了。

秀巒山上的金交椅

國家圖書館出版品預行編目 (CIP) 資料

秀巒山上的金交椅 / 陳素宜著 ; 程宜方圖 . -- 三版 . --
臺北市 : 九歌出版社有限公司 , 2021.11
　面 ;　公分 . -- (九歌少兒書房 ; 289)
ISBN 978-986-450-371-1(平裝)
863.596　　110016472

作　　者——陳素宜
繪　　者——程宜方
責任編輯——鍾欣純
創 辦 人——蔡文甫
發 行 人——蔡澤玉
出　　版——九歌出版社有限公司
臺北市 105 八德路 3 段 12 巷 57 弄 40 號
電話／ 02-25776564・傳真／ 02-25789205
郵政劃撥／ 0112295-1

九歌文學網　www.chiuko.com.tw

印　　刷——晨捷印製股份有限公司
法律顧問——龍躍天律師 · 蕭雄淋律師 · 董安丹律師
初　　版——1997 年 4 月
增訂新版——2021 年 11 月
定　　價——280 元
書　　號——0170284
I S B N——978-986-450-371-1